Anne Scheller

Die Hufeisen-Ranch – SOS im Reitercamp

Das Buch wurde auf FSC-zertifiziertem Papier gedruckt und leistet damit einen aktiven Beitrag zur nachhaltigen Bewirtschaftung der Wälder rund um den Globus.

ISBN 978-3-943086-90-4

1. Auflage Februar 2019

Umschlag und Illustrationen: Ina Krabbe

www.suedpol-verlag.de

Bibliographische Information der Deutschen Nationalbibliothek
Die Deutsche Nationalbibliothek verzeichnet diese Publikation in der Deutschen Nationalbibliographie; detaillierte bibliographische Daten sind im Internet über http://dnb.ddb.de abrufbar.

Anne Scheller

Die Hufeisen-Ranch

SOS im Reitercamp

Illustrationen von

Ina Krabbe

12 Pony-Tipps von Polly

Inhalt

Erstes Kapitel, in dem Polly auf einer Ponytraumwolke schwebt

KLIPP-KLOPP, KLOPP-KLIPP ... KLIPP-KLOPP, KLOPP-KLIPP ... Die Hufe klapperten auf dem Feldweg. Ab und zu schnaubte das rauchschwarze Pony tief und entspannt aus. Sonst hörte Polly nichts. Sie sah auch nichts. Sie hatte die Augen geschlossen und ließ sich auf dem Ponyrücken hin und her schaukeln. KLIPP-KLOPP, KLOPP-KLIPP. Es war wie schweben, schweben auf einer riesengroßen, absolut himmlischen rosaroten Ponytraumwolke namens Smoky.

Manchmal konnte Polly es gar nicht richtig fassen: Sie hatte wirklich ein eigenes Pony! Selig lächelnd öffnete sie die Augen, legte sich auf den Hals ihres Ponys und umarmte es.

„Ich freue mich ja so, dass ich dich habe, meine Süße!“, flüsterte sie in Smokys rauchschwarze Kuschelmähne. Sie streichelte ihr über den Hals und drückte sich ganz fest an die kleine Stute. Das war so wunderbar kuschelig, weil Smoky keinen Sattel trug. Polly saß direkt auf dem warmen Pferderücken.

Smoky war etwas ganz Besonderes. Erstens natürlich, weil sie Pollys Pony war und Polly sie so lieb hatte. Und zweitens, weil Smoky von einer besonderen Trainerin eingeritten worden war. Bei ihr hatte Smoky keinen Sattel kennengelernt. Das Pony trug auch keine Trense mit Gebiss, sondern ein einfaches Reithalfter mit Zügeln.

Polly musste daran denken, wie schwer ihr das Reiten ohne Sattel anfangs gefallen war. Es war keine drei Monate her, am Morgen von Pollys elftem Geburtstag, da hatte Smoky zuhause auf der Hufeisen-Ranch einfach im Paddock gestanden. Polly hatte sich mehr als alles andere auf der Welt ein eigenes Pony gewünscht, aber ein ganz normales: eins mit Sattel und Trense und einem gehörigen Dickkopf, so wie die anderen Reitponys auf der Hufeisen-Ranch. Doch Mam und Pap hatten Smoky ausgesucht. Zuerst hätte Polly das Pony am liebsten zurückgegeben. Dann hatte sie sich langsam in ihre Stute verliebt, aber Mam und Pap hätten sie ihr um ein Haar wieder weggenommen. Sie dachten, Polly wäre mit dem Pony überfordert. Kein Wunder, schließlich hatte Smoky durch Pollys Schuld eine gefährliche Kolik bekommen!

Das dachten sie zumindest. Letztlich war Karla schuld daran gewesen, ein älteres Mädchen, das Polly kurz für ihre beste Freundin gehalten hatte.

„Beste *Feindin* wohl eher“, murmelte Polly jetzt. Okay, Karla konnte einem echt leidtun, schließlich hatte sie ihre Mutter verloren und war schrecklich unglücklich gewesen. Aber ein Pony in Gefahr bringen durfte man trotzdem nicht, da waren sich Polly und der Rest der Winnfelds einig. Deswegen kam Karla jetzt auch nicht mehr zum Reiten auf die Ranch.

Polly hatte sich mit ihrem allerliebsten Pony Smoky über den Bruch der Freundschaft getröstet. In letzter Zeit waren die beiden fast täglich ausgeritten. Meist zuckelten sie so wie jetzt ganz gemütlich durch die Prärie – so hieß es bei den Hufeisen-Ranchern, wenn man ins Gelände ging. Manchmal nahm Polly auch an einer Reitstunde teil, die Reitlehrerin Chris gab. Oder sie machte mit Smoky Bodenarbeit, also Übungen am Führstrick, ganz ohne zu reiten. Oder sie schmusten in der Box oder auf der Koppel. Nach den Abenteuern der ersten Wochen schwebte Polly einfach auf Ponytraumwolke sieben.

Polly und Smoky durchquerten jetzt ein kleines Waldstück. Dahinter breiteten sich grüne Wiesen aus. In einiger Entfernung sah Polly die Hufeisen-Ranch liegen: einen alten Bauernhof mit Wohnhaus, Reithalle, Stallungen und anderen Nebengebäuden, alles von Pap und Mam liebevoll im Wildweststil hergerichtet. Das Anwesen gehörte einer Familie aus der Stadt, die den Hof seit einem knappen Jahr an die Winnfelds vermietet hatte.

Ein kleiner Bach, der Pony River, gurgelte neben dem Weg. Polly lenkte ihr Pony über einen Steg und zwischen drei Tipis hindurch. Es waren natürlich keine cchten Tipis, sondern gemütliche, kleine Holzhäuser. In diesen würden ab heute Abend eine Woche lang neun Kinder wohnen. Sie hatten Reiterferien auf der Hufeisen-Ranch gebucht. Polly freute sich wie verrückt darauf, andere Kinder kennenzulernen, die genauso pferdebegeistert waren wie sie, und mit ihnen ein paar Tage lang nur über Ponys und Reiten zu fachsimpeln.

Gerade ritten Polly und Smoky am letzten Tipi vorbei, da ... PLATSCH! Eine Woge Schmutzwasser kam wie aus dem Nichts hinter dem Tipi hervorgeflogen und ergoss sich direkt neben Polly und Smoky in ein Blumenbeet. Schlamm spritzte auf. Smoky warf den Kopf hoch, wieherte schrill und machte einen Satz zur Seite. Polly wurde unsanft aus ihren Gedanken gerissen, geriet auf dem glatten Ponyfell ins Rutschen und hing im nächsten Moment nur noch mit dem linken Bein über dem Pferderücken. Ihre linke Hand hatte sich im Zügel verheddert und ihr Gesicht klebte irgendwo zwischen Smokys Brust und deren rechtem Vorderbein. Eine Schrecksekunde lang glaubte Polly, gleich rückwärts hinunterzustürzen. Wild angelte sie mit dem rechten Arm und bekam Smokys Mähne zu fassen. Ihr rechter Fuß landete auf dem Boden. Sie stieß sich ab und zog sich wieder nach oben. Im nächsten Moment saß sie auf Smokys Rücken, als wäre nichts passiert.

Sie stöhnte auf. „Smoky, meine Süße. Alles in Ordnung? Hast du dich erschreckt? Ich auch! Wo kam das denn plötzlich her?“ Polly streichelte ihrem Pony den Hals und sah sich um.

Vor dem Tipi stand ihre Mam. Elisabeth Winnfeld hatte ihre blonden Haare mit einem Tuch zurückgebunden. Sie trug einen Putzeimer und einen Wischmopp und sah aus wie die perfekte Hausfrau. Aber Polly wusste, dass sie Putzen gar nicht leiden konnte.

„Mam!“, rief sie vorwurfsvoll. „Du hast Smoky total erschreckt!“

„Tut mir leid“, rief ihre Mutter zurück. „Ich muss dieses Tipi noch sauber kriegen. Die ersten Feriengäste können jeden Moment ankommen. Kannst du bitte Wilma suchen? Sie sollte eigentlich bei mir bleiben, aber sie ist abgehauen.“ Pollys Mutter knetete sich mit der Hand die Stirn. Ein grauer Schmutzstreifen blieb zurück.

„Du hast da was, Mam“, sagte Polly lächelnd und zeigte auf ihre Stirn. „Ich suche Wilma, keine Sorge. Ich muss nur noch schnell Smoky versorgen.“

Polly winkte ihrer Mutter und ritt zügig auf den Hof und zu Smokys Box hinüber.

Wilma war Pollys kleine Schwester und sie hatte, was Mam das *Up-and-Down-Syndrom* nannte: Sie war lieb und lustig, verschmust und eine große Tierfreundin. Aber mit ihren sechs Jahren trug sie noch Windeln, konnte nicht gut sprechen und verstand manchmal die einfachsten Dinge nicht, wie zum Beispiel: *Bleib bei Mam und lauf nicht weg*. Bestimmt hatte Wilma sich wieder mal heimlich in eine Pferdebox geschlichen.

Noch vom Ponyrücken aus blickte Polly sich auf der Ranch um, aber nirgends sah sie ein kleines blondes Mädchen. Dafür kam ihr Vater aus der Reithalle marschiert, den schwarzbraunen Familienhund Hobbit dicht auf den Fersen. Thomas Winnfeld hatte als einziges Familienmitglied neben Polly rote statt blonder Haare. Er war ganz in ein Gespräch mit einer großen, dunkelhaarigen Frau vertieft, die mit offenem Mund Kaugummi kaute: Reitlehrerin Chris. Auf den beiden Holzpferden vor der Reithalle hockten Pollys ältere Geschwister: Tom und Tara, die 13-jährigen Zwillinge. Tara hatte Reitsachen an und tat sehr ernsthaft so, als ob sie auf dem völlig reglosen Holzpony ein Springturnier bestreiten würden. Tom hockte rückwärts auf seinem

Reittier, hatte Kopfhörer in den Ohren und sah aus, als würde er sich zu Tode langweilen.

Vor Smokys Box ließ Polly sich auf den Boden gleiten und band das Pony an einem Haken an.

„Ich hole mal eben den Putzkasten und ein paar Leckerli“, versprach sie. Sie gab Smoky einen Kuss zwischen die Nüstern und das Pony schnaubte wohlig.

„Huhu!“ Ein Mädchen mit schwarzen Haaren und rundem Gesicht kam mit dem Fahrrad auf die Ranch gefahren. Sie trug Reitstiefel und Reithosen und einen Pulli mit solch neongelben Punkten, dass Polly fast die Augen tränten.

Das Mädchen stieg ab, klopfte Smoky den Hals und streckte Polly eine Tafel Schokolade hin. „Weiße mit Crisp, mmh“, sagte sie. „Willst du?“

„Au ja, danke, Lolli.“ Polly nahm sich ein Stück Schokolade und grinste das Mädchen dankbar an.

Lolli – eigentlich Laila Wairami – war der zweite Grund, warum es Polly nicht störte, dass ihre beste Freundin Karla sich als beste Feindin herausgestellt hatte. Lolli war nämlich eine *echte* Freundin! Sie hatte Polly bedingungslos geholfen, als Smoky ausgerissen war und die Kolik bekommen hatte. Außerdem war es mit ihr immer lustig und sie liebte Ponys genauso sehr wie Polly.

„Ähm ... Kann ich vielleicht nachher Django reiten? Was meinst du?“, fragte Lolli jetzt. Django war Lollis Lieblingspony, ein hübscher Schimmel und ein guter Springer.

„Ich glaub eher nicht“, meinte Polly und hob bedauernd die Schultern. „Wenn gleich die Ferienkinder da sind, haben Pap und Chris bestimmt keine Zeit für extra Reitstunden. Und du weißt ja, dass du Django nicht alleine reiten darfst. Willst du auf Smoky?“

„Ach, nee“, machte Lolli. „Danke. Ich reite nicht so gerne ohne Sattel. Außerdem gehört Smoky zu dir. Aber, hey, voll cool, dass die Gäste schon so früh kommen! Ich dachte, sie reisen erst heute Abend an.“

„Nein, jetzt schon. Was meinst du, sollen wir ihnen dann gleich die Ponys zeigen? Oder lieber zuerst die Ranch?“

„Och, besser die Ranch“, meinte Lolli. „Sonst verlaufen sie sich noch. Und dann sollten wir so Spiele machen zum Kennenlernen. Wie am Anfang der Fünften.“

Polly nickte begeistert. Seit den Sommerferien ging sie mit Lolli in dieselbe Klasse. So konnten sie sogar vormittags über Ponys reden! In den letzten Wochen hatten sie jede Schulpause damit verbracht zu überlegen, was sie mit den Feriengästen unternehmen wollten. Dass Mam, Pap und Chris da auch noch ein Wörtchen mitreden wollten, hatten die Freundinnen beinahe vergessen.

Plötzlich fiel Polly etwas ein. „Kannst du Wilma für mich suchen, Lolli?“, fragte sie. „Sie ist mal wieder abgehauen, aber ich will erst Smoky versorgen.“

Lolli lutschte genüsslich ein Stück Schokolade, dann schluckte sie und nickte. „Hmm, mach ich. Die ist bestimmt irgendwo im Stall.“

Polly verdrehte die Augen. „Guck zuerst bei Billy the Kid“, schlug sie vor. Das Mini-Shetland-Pony war Wilmas Lieblingspferd. Sie durfte es sogar manchmal reiten.

Lolli verpackte die angebrochene Schokolade und legte sie in ihren geblümten Fahrradkorb. „Kein Problem. Bis gleich!“, sagte sie und rannte davon.

Zehn Minuten später hatte Polly ihr Pony trocken gerieben und auf Hochglanz geputzt. Auch die Schlammspritzer von Mams Putzeimerdusche hatte sie mit einer weichen Bürste und einem Lappen entfernt. Smoky hatte das Ganze halb dösend und mit geschlossenen Augen genossen. Erst als Polly mit der Leckerli-Dose klapperte, öffnete ihr Pony die Augen. Neugierig streckte es die Nase danach aus.

„Jetzt bist du wieder wach, ja?“, fragte Polly. „Hier hast du ein Leckerli. Das hast du dir verdient. Der Ausritt war himmlisch!“ Sie gab ihrem Pony einen Pferdekeks. Und noch einen. Und noch einen. Smoky verschlang sie alle krachend und Krümel um sich spritzend.

Polly lachte. „Komm, du darfst noch ein bisschen auf die Koppel, meine Süße“, sagte sie. „Da gibt es jede Menge Gras zu fressen.“ Sie löste den Strick und machte einen Schritt. Normalerweise reichte das und Smoky folgte ihr. Heute nicht.

Polly hielt den Zeigefinger warnend vor Smokys Nase. Nichts. Sie wackelte leicht am Führstrick. Wieder nichts. Sie berührte Smoky mit dem Finger. Das Pony schnaubte lang aus, als wäre es eine kaum erträgliche Zumutung, auf den eigenen vier Beinen über die Ranch zu laufen. Dann setzte es sich gemächlich in Bewegung. Es platzierte einen Huf nach dem anderen wie eine Prinzessin im feinsten Abendkleid.

In diesem Moment rumpelte ein fremdes Auto auf den Hof und Polly vergaß alles andere. Es war soweit. Die ersten Feriengäste kamen!

Der Traum vom eigenen Pferd

Polly hat etwas, wovon viele Ponyfans träumen: ein eigenes Pferd. Was ist mit dir? Bist du wirklich bereit dafür?

Was kostet ein eigenes Pferd?

Ein eigenes Pferd ist leider kein ganz billiges Hobby. Ein gutes Reitpony kann eintausend Euro und mehr kosten. Du musst Ausrüstung für dein Pony kaufen, etwa Sattel und Zaumzeug und Putzsachen. Dafür sind auch noch mal mehrere hundert Euro nötig. Außerdem kommen monatliche Kosten auf den Pferdehalter zu: Futter, Tierarzt, Hufschmied, Versicherung, vielleicht eine Mietbox im Reitstall ... Mit 400 Euro im Monat muss man schon rechnen.

Wie viel Zeit benötigt es?

Ein eigenes Pferd oder Pony braucht viel Zeit. Du musst es täglich nicht nur füttern, sondern auch seine Box sauber machen und es auf die Koppel bringen. Es braucht täglich Bewegung und Beschäftigung durch Reiten oder Bodenarbeit. Und das alles nicht nur bei schönem Wetter in den Ferien, sondern auch bei Regen, Kälte und Schnee, wenn die Schule stresst oder du erkältet bist. Bedenke auch, wer dein Pony versorgen kann, wenn du in den Urlaub oder auf Klassenfahrt fährst.

Welches Pferd passt zu dir?

Lass dich beim Pferdekauf von einem Experten beraten. Ein Kinderpony sollte gut ausgebildet und brav sein. Möchtest du mehr Dressur oder Springen üben oder ins Gelände gehen? Dein Pony muss zu deinen Wünschen passen. Was du dabei auch jetzt schon im Auge behalten solltest: Als Erwachsene bist du vielleicht zu groß und zu schwer für dein Pony. Dann heißt es Abschied nehmen.

Pollys Tipp

Ein Pflegepferd oder eine Reitbeteiligung finde ich fast so schön wie ein eigenes Pferd. Du kannst dich täglich oder mehrmals die Woche um das Pferd kümmern und es reiten. Du brauchst aber selbst nicht so viel Geld und auch die Verantwortung für das Pony kannst du zum Großteil dem Besitzer überlassen. Probier das doch mal aus!

Zweites Kapitel, in dem Polly ins Wildwest-Ponyparadies reist

Aus dem Auto stiegen drei Mädchen: eins mit langen, welligen Haaren und rundem Gesicht, ein großes blondes und eins, das unsicher hinter einer knallig türkisen Brille hervorlugte. Die drei standen dicht nebeneinander und sahen sich neugierig um. Nun stieg auch eine Frau aus.

Polly lief mit Smoky auf die drei Mädchen zu. Zum Glück folgte das Pony ihr jetzt anstandslos.

„Hi“, sagte Polly atemlos. „Wer seid denn ihr?“

Die mit dem runden Gesicht winkte Polly zu und lief ihr ein paar Schritte entgegen. „Ich bin Ronja“, sagte sie.

„Silva“, sagte die Große und nickte.

Die Kleine mit der Brille stand ein Stück hinter ihren Freundinnen. „Mein Name ist Helena Wendland“, sagte sie höflich. „Und wer bist du?“

„Ich bin Polly“, sagte Polly. Ihr fiel plötzlich wieder ein, wie sie mit Lolli geübt hatte, die Feriengäste zu begrüßen. „Willkommen auf der Hufeisen-Ranch! Ich bin Polly Winnfeld. Und diese Süße hier …“, sie drehte sich zu Smoky und streichelte ihr den Kopf, „... ist Smoky.“

„Ist das dein Pony?“, fragte Ronja. „Darf ich sie mal streicheln?“ Sie ging auf Smoky zu und klopfte ihr den Hals, dann drehte sie sich um und spähte zum Wohnhaus hinüber. „Und wo schlafen wir? Da drin?“, fragte sie und lief schon halb los.

„Langsam!“ Polly grinste. „Ich zeige euch gleich alles. Ja, Smoky gehört mir. Es gibt aber noch eine Menge anderer Ranchponys, auf denen ihr reiten könnt.“

In diesem Moment kam Herr Winnfeld mit Chris zu den Mädchen und begrüßte alle mit Handschlag.

„Willkommen auf der Hufeisen-Ranch“, sagte er. „Ich bin Thomas Winnfeld. Sagt ruhig Thomas zu mir. Und das da ist Chris, die beste Reitlehrerin im Wilden Westen.“

Chris winkte lachend in die Runde. Eine Woge Kaugummi-Duft wehte zu Polly hinüber. Die hielt sich die Nase zu.

„Ich hab eine neue Sorte, Pollygirl“, meinte Chris, die Polly ganz richtig verstand. Lässig ließ sie eine riesige Kaugummiblase platzen. „Ingwer-Limette-Banane, gibt es nur in den USA.“

Polly schüttelte sich, sagte aber nichts, denn nun rollte ein weiteres Auto auf den Hof und noch ein Mädchen stieg aus. Gleichzeitig kam Lolli mit Wilma an der Hand aus dem Stall. Beim Anblick der vielen fremden Menschen lief Wilma zu Pap hinüber und drückte ihr Gesicht gegen seine Beine.

Noch mehr Autos hielten und dann sogar ein Fahrrad mit Anhänger. Polly und Lolli lernten Finn und Ole, Josefine-Florentine und Anni kennen. Anni war die mit dem Fahrrad, sie wohnte im Nachbardorf.

„Fahrradfahren ist viel besser für die Umwelt als mit dem Auto herumzudüsen“, erklärte sie sofort.

„Äh, sind jetzt alle da?“, flüsterte Lolli ihrer Freundin ins Ohr. Polly zählte kurz durch. Auf dem Hof standen neben Bergen von Gepäck sieben Kinder.

„Zwei fehlen noch“, raunte Polly zurück. „Wo bleiben die denn? Pap?“ Sie zupfte ihren Vater, der sich gerade von Helenas Mutter verabschiedete, am Ärmel. „Pap, wann kommen die anderen? Soll ich den Gästen schon mal die Tipis zeigen? Oder den Saloon?“

Herr Winnfeld warf einen kurzen Blick auf Polly und Smoky. Das Pony hatte die Augen halb geschlossen, einen Hinterhuf entspannt erhoben und schien zu dösen. „Bring doch zuerst Smoky auf die Koppel“, sagte er. „Der Trubel hier auf dem Hof ist nichts für sie. Wobei sie ja nicht aus der Ruhe zu bringen ist.“ Lachend gab er Smoky einen Klaps. Das Pony schreckte hoch und schnaufte überrascht.

„Pap!", rief Polly vorwurfsvoll. „Erschreck Smoky doch nicht so. Das ist schon der zweite Schock heute. Vorhin hat Mam einen Putzeimer über uns ausgeleert."

Lolli, die gerade dabei war, ein Stück Schokolade in den Mund zu schieben, hielt inne und begann zu kichern.

„Na los, ab mit dir", sagte Herr Winnfeld. „Chris und ich zeigen den Kindern solange die Tipis."

„Na gut. Aber macht bloß nichts Wichtiges ohne mich!" Polly drehte auf dem Absatz um. Sie wollte so schnell wie möglich wieder bei den Feriengästen sein. Nur leider sah Smoky das gar nicht ein. Sie trottete mit gesenktem Kopf hinter Polly her und ließ sich nicht hetzen.

Als Polly nach einem ausgiebigen Knuddeln mit Smoky wieder auf den Hof rannte, herrschte dort gähnende Leere. Sicher waren alle zu den Tipis gegangen. Sie wollte gerade hinterher, da bemerkte sie aus dem Augenwinkel eine Bewegung. Ein schnittiges schwarzes Auto war auf den Hof gerollt. Ein Mann in Uniform stieg aus. Ohne Polly anzusehen, lief er um den Wagen herum und öffnete die hintere Seitentür. Mit offenem Mund sah Polly zu, wie ein Junge aus dem Auto stieg. Er trug ein kariertes Hemd und seine Reithosen und Reitstiefel waren offensichtlich aus echtem Leder und nagelneu. Die blonden Haare hatte er sorgfältig über die Stirn gegelt. In der Hand trug er ein Smartphone in der Größe eines Taschenbuches.

„Ich bin Julius Ronneburg und soll hier Reiterferien machen", sagte der Junge. Er klang ziemlich gelangweilt. „Und wer bist du?"

Der Name kam Polly irgendwie bekannt vor. „Polly Willkommen ... ich meine, Winnfeld", sagte sie, immer noch ziemlich verdattert über diesen protzigen Auftritt. „Ist dein Vater Polizist?" Sie deutete auf den Fahrer des Wagens in seiner blauschwarzen Uniform. Er holte gerade Julius' Taschen aus dem Kofferraum.

Julius Ronneburg zeigte lässig hinter sich. „Ach wo, das ist unser Fahrer, Wilfried", erklärte er. „Meine Eltern haben schließlich nicht immer Zeit, mich durch die Weltgeschichte zu fahren. Wilfried bringt mich hin, wo ich will. Vielleicht können wir die Tage ja mal ..."

Doch wo Julius genau mit ihr hinwollte, erfuhr sie nicht mehr, denn nun kam das letzte Ferienkind an, in einem schmutzstarrenden Geländewagen, der einen Pferdeanhänger zog. Aus dem Auto stieg ein rundliches

Mädchen mit kurzen Haaren in Reitstiefeln und einer alten Jeans. Sie winkte Polly zu und lief dann sofort nach hinten zum Anhänger.

„Guck mal, Julius, das Mädchen hat ein Pony mitgebracht!“, sagte Polly begeistert.

„Echt? Ponys auf dem Reiterhof? Ganz toll“, erwiderte Julius tonlos.

Polly sah ihn verwirrt an. Warum klang er denn so genervt? „Lass uns mal in den Anhänger gucken“, schlug sie vor. Als er nicht reagierte, ging sie allein zu dem Pferdetransporter hinüber.

Das Mädchen hatte die Klappe geöffnet und war nach drinnen zu einem zierlichen Braunen geklettert. Liebevoll kraulte sie dem Pony den Hals. „Ist ja gut, du hast es überstanden. Brav gemacht, Mottilein.“

Polly sah zu, wie das Mädchen ihr Pony rückwärts aus dem Anhänger bugsierte. „Hallo, ich bin Polly“, sagte sie und strahlte das Mädchen an. „Wie cool, dass du dein eigenes Pony mitgebracht hast! Ich habe auch eins, Smoky. Heißt dein Pony wirklich Mottilein?“

Das Mädchen lachte. „Quatsch, das ist Motte. Ich nenne ihn nur manchmal so. Oder Möhre, das klingt so süß. Und ich bin übrigens Emma.“

Polly grinste das Mädchen an. „Ich frage gleich meinen Pap, welche Box Motte bekommen soll“, sagte sie. „Die Ranch gehört nämlich meinen Eltern.“

Julius hatte sich ebenfalls zu Polly und Emma gesellt. Er räusperte sich. „In Wahrheit ...“, begann er, aber Polly war in Gedanken schon einen Schritt weiter.

„Julius, Emma, kommt mit. Wir bringen eure Sachen zu den Tipis und dann führen wir Motte zum Stall. Also Möhre ...“ Grinsend winkte sie den beiden, ihr zu folgen.

Die anderen Kinder waren bereits bei den Tipis. Die Freundinnen Silva, Ronja und Helena bewohnten das Tipi *Bärenschlucht*. Julius sollte bei Finn und Ole im *Bau des Kojoten* schlafen. Emma und Polly brachten Emmas Sachen zur *Sonnenhöhle*. Bevor Emma sich dort einrichtete, brachten sie und Polly noch ihr Pony in den Stall. Herr Winnfeld hatte Motte die Box direkt neben Smoky zugewiesen.

In der Sonnenhöhle trafen sie danach auf Josefine-Florentine, Anni und Lolli. Die drei hatten es sich dort schon gemütlich gemacht. Pollys beste Freundin saß auf einem der oberen Betten und baumelte mit den Beinen. Neben ihr lag das leere Schokoladenpapier.

„Hey, Polly, wo warst du so lange?“, fragte sie. „Anni und Jo-Flo schlafen zusammen im Hochbett. Sie mögen auch Weiße-Crisp.“

Josefine-Florentine, die gerade ihre Sachen in den hölzernen Spind räumte, richtete sich auf und sagte betont: „Josefine-Florentine heiße ich!“

„Na gut, du Prinzessin“, nuschelte Lolli.

Polly musste grinsen. „Das hier ist übrigens Emma. Wenn ihr alle ausgepackt habt, geht's ab auf die Ranch!“

Polly und Lolli holten auch die Kinder aus der Bärenschlucht und dem Bau des Kojoten ab. Polly hatte einen Riesenspaß daran, zusammen mit Lolli für alle die Fremdenführerin zu spielen. Sie zeigten ihnen die Ställe und Koppeln, die Boxen der Ponys und das Wohnhaus. Julius guckte die ganze Zeit ziemlich finster und zog immer wieder sein Handy hervor, aber die anderen Kinder waren begeistert.

Als Nächstes warfen alle einen Blick in die Reithalle und die Sattelkammer. Unter dem Vordach der Reithalle kletterte Polly auf eins der Holzpferde und zog Emma neben sich auf das andere.

„Hier könnt ihr zwischen den Reitstunden üben", sagte Polly. „Na los, Smoky, los, Motte!" Sie beugte sich nach vorne und tat so, als würde sie auf Smoky einen wilden Galopp durch die Prärie machen. Dabei vergaß sie alles um sich herum.

„Echt spannend. Ich muss gleich gähnen", sagte eine schneidende Stimme.

Polly sah auf. Julius hatte die Arme verschränkt und machte ein total gelangweiltes Gesicht. „Pferde, die sich nicht bewegen, ist ja echt super", fuhr er ätzend fort. „Und dafür verpasse ich also die Game-Challenge!"

„Alter, spielst du auch?", fragte Finn begeistert und hielt sein Handy hoch.

Julius nickte. „Klar! Wenn mich meine Eltern nicht

hierher geschickt hätten, wäre ich jetzt bestimmt ein Level weiter."

Polly spürte, dass ihr Gesicht ganz heiß geworden war. Sie rutschte von ihrem Holzpferd und zeigte mit dem Daumen hinter sich zur Treppe, die außen an der Reithalle nach oben führte. „Sorry", sagte sie laut. „Jetzt geht es weiter mit der Führung. Hier oben ist der Saloon, das ist der Raum, wo ihr esst, aber auch Spiele spielen könnt."

„Da oben?", fragte Julius und musterte angewidert die alte Holztreppe. „Mir bleibt aber auch nichts erspart."

Polly fühlte ein ärgerliches Kribbeln im Bauch. Musste Julius denn *alles* blöd finden? „Der Saloon ist supercool, das wirst du schon sehen", sagte sie. Sie trat durch die Schwingtür, die wie in einem echten Wildwest-Saloon aussah. Dann stieg sie vor den anderen nach oben. Die alten Holzstufen knarzten bei jedem Schritt. An der Wand hingen verrostete Gewehre, Lassos und merkwürdig gebogene Eisenhaken. Die Spinnenweben dazwischen

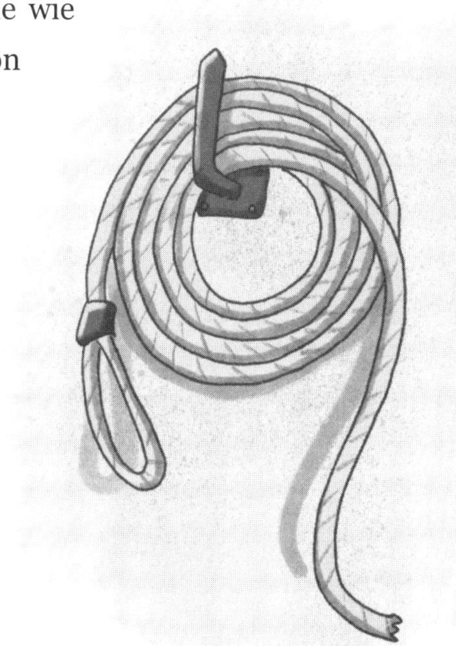

waren ausnahmsweise keine Idee von Herrn Winnfeld. Eine fette Kreuzspinne krabbelte gemächlich über einen zerschlissenen Ledersattel, als die Kinder vorbeigingen. Josefine-Florentine kreischte und presste sich ans Treppengeländer, aber Anni blieb stehen und beobachtete die Spinne einen Moment. Die anderen Kinder trabten hinter Polly nach oben.

„Lol", sagte Finn, als sie den Saloon betraten.

„Cool, oder, Silva?", jubelte Ronja und rannte mitten ins Zimmer hinein.

Polly lächelte. Sie war wirklich wahnsinnig stolz auf ihren Vater! Er hatte den ganzen Saloon mit honigfarbenem Holz verkleidet. Im vorderen Bereich wurde gegessen. Silva, Ronja und Helena setzten sich sofort rittlings auf die Baumstämme, die als Hocker an der langen Holztafel dienten. Die drei holten ihre Handys hervor und machten Fotos von jeder Kleinigkeit: dem Spieleregal, das eigentlich ein altes Weinfass war, den ponyhohen Kakteen in alten Blecheimern (man sah nur von Nahem, dass sie nicht echt waren; Oma Elisabeth II. hatte sie gehäkelt), dem Wagenrad-Schaukelsessel, dem Schatzkarten-Spieletisch und den vielen Fotorahmen aus Hufeisen, die jedes Pony der Ranch zeigten.

Finn, Emma und die anderen hatten sich an Polly vorbei in den Raum gedrängt. Nur Julius blieb an der Tür stehen.

„Sind das die Rocky Mountains?“, hörte Polly Ole fragen. „Da will ich auch mal hin.“ Er stand wie gebannt mitten im Zimmer und starrte über Silvas, Ronjas und Helenas Köpfe hinweg auf die hintere Wand. Dort erhoben sich zerklüftete Bergriesen unter einem endlosen blauen Himmel. Über dem Abgrund kreiste ein Adler. Alleine bei dem Anblick fühlte man sich schon fast wie ein echter Cowboy!

„Das Bild ist von hinten beleuchtet“, erklärte Polly. „Deshalb sieht es so aus, als könnte man von hier aus direkt in die Rocky Mountains gucken.“

Die Feriengäste sahen sich mit großen Augen um. Alle sahen ein wenig so aus, als wären sie mitten im Wildwest-Ponyparadies gelandet. Alle bis auf Julius. Aber der würde sich schon noch eingewöhnen, da war Polly sicher. Sie strahlte über das ganze Gesicht. Es war genau, wie sie und Lolli es sich erträumt hatten: die Hufeisen-Ranch kam super an.

Pollys Ponyspiel

Im Saloon treffen sich Polly und die Ferienkinder nicht nur zum Essen, sondern auch zum Quatschen und Spielen. Polly und Lolli haben sich ein Ponyspiel ausgedacht. Möchtest du es ausprobieren? Dafür kannst du dir dein eigenes Spielbrett basteln. An die Würfel, fertig, spielen!

Besorgen

feste Pappe (z. B. Rückseite eines Malblocks)
Bleistift
Bunt- oder Filzstifte
Schere
Rest Alufolie
Spielfiguren und Würfel

Spielfeld malen

Male auf die Pappe einen Weg aus 36 Kreisen. Markiere irgendwo die Startlinie. Schreibe nun in 24 Kreise eine Zahl zwischen 1 und 6. Male fünf Kreise gelb aus, das ist Stroh in der Box. Male fünf Kreise grün aus, das ist Heu. Zeichne in zwei Kreise ein Hufeisen.

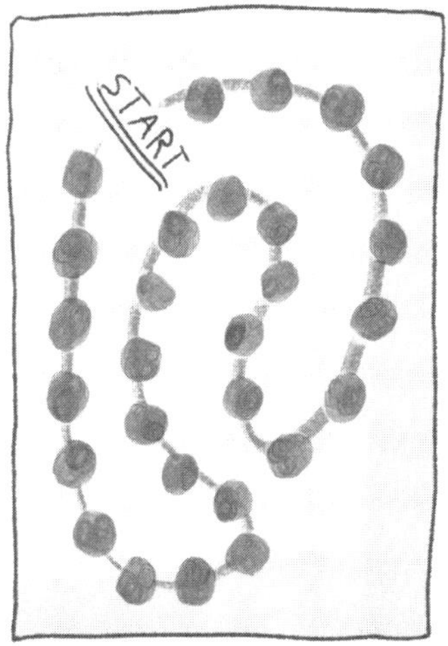

Hufeisen basteln

Zeichne auf einen Rest Pappe acht Hufeisen. Schneide sie aus und wickele sie in Alufolie, damit sie schön metallisch aussehen.

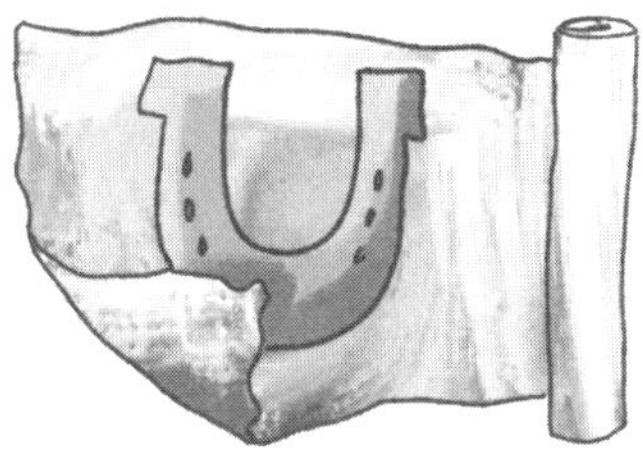

Pollys Tipp

Ich habe mir noch eine eigene Spielfigur gebastelt. Dafür habe ich ein Foto von Smoky genommen. Den Pony-Umriss habe ich ausgeschnitten und das Foto auf feste Pappe geklebt. Dann habe ich aus Knete eine Kugel geformt und das Papp-Pony hineingedrückt, damit es stehen kann. Mit einer Lieblingspony-Figur macht das Spiel gleich doppelt Spaß!

Die Spielregeln

Stellt eure Spielfiguren an die Startlinie. Es wird abwechselnd gewürfelt und im Uhrzeigersinn gelaufen. Je nachdem, auf welches Feld ihr reitet, gelten folgende Regeln:

- Zahl zwischen 1 und 6: Wenn eure Würfelzahl größer als die Zahl auf dem Feld ist, dürft ihr die Feldzahl vorwärts galoppieren. Wenn eure Würfelzahl kleiner als die Zahl auf dem Feld ist, müsst ihr die Feldzahl zurücktraben. Auf dem Feld, auf dem ihr landet, bleibt ihr stehen.
- Gelbes Stroh: Box ausmisten! Einmal aussetzen.
- Grünes Heu: Euer Pony hat sich neue Kräfte angefuttert. Gleich noch einmal würfeln.
- Hufeisen: Glück gehabt! Du bekommst ein Hufeisen geschenkt.

Wer einmal um das Feld galoppiert ist und erneut die Startlinie überquert, bekommt ebenfalls ein Hufeisen. Es geht so lange weiter, bis die Hufeisen alle verteilt sind oder ein Spieler fünf Hufeisen gesammelt hat. Wer hat die meisten?

Drittes Kapitel, in dem Polly die Beherrschung und den Boden unter den Füßen verliert

Nach dem Abendessen und einigen von Pollys und Lollis Kennenlernspielen musste Lolli nach Hause. Tom und Tara veranstalteten mit den Ferienkindern eine Rallye. „Dabei lernt ihr die Hufeisen-Ranch von oben bis unten und von links nach rechts kennen“, erklärte Tara. „Tom hat sich die Aufgaben ausgedacht.“

„Ooooh, toll!“, hauchte Josefine-Florentine und sah Tom mit flatternden Augenlidern an. Der versteckte sein Gesicht noch tiefer im Kapuzenpulli als sonst.

Tara teilte die Feriengäste in zwei Gruppen ein. Josefine-Florentine stellte sich sofort zu Tom. „Ich mach gar nicht mit“, brummelte der. Josefine-Florentine war die Enttäuschung deutlich anzusehen.

Polly landete in einer Gruppe mit Finn, Ole, Anni und Silva.

„Polly kennt hier doch schon alles. Das ist total unfair!“, beschwerte sich Julius.

„Stimmt eigentlich“, meinte Tara. „Polly, wäre es okay, wenn du nicht mitmachst?“

„Ich möchte aber so gerne!“, erwiderte Polly. Sie hatte sich doch fest vorgenommen, diese Woche einfach alles mit den Ferienkindern zusammen zu machen!

Tara zuckte mit den Schultern und sah Julius an. „Polly möchte nun mal mitmachen. Ist doch nicht schlimm, oder?“, fragte sie.

Aber Julius fand es offensichtlich schlimm. „Ich hab sowieso keine Lust auf den ganzen Kinderkram“, sagte er grummelnd. „Ich gehe in den Saloon, da gibt es immerhin W-LAN.“ Damit marschierte er davon.

„Alter, bleib doch hier!“, rief Finn ihm nach. Er sah Polly an, als wäre es ihre Schuld, dass Julius gegangen war.

„Ich sag auch gar nichts zu den Fragen“, meinte Polly geknickt. „Ich laufe nur mit. Okay?“

Die anderen nickten. Aber irgendwie war die Stimmung an diesem Abend nicht so schön, wie Polly es sich erträumt hatte.

Am nächsten Morgen stand die erste Reitstunde auf dem Programm. Polly war extra früh aufgestanden, hatte Smoky gefüttert und auf Hochglanz geputzt. Auch für die morgendlichen Streicheleinheiten hatte sie sich Zeit genommen. „Bodenarbeit geht heute leider nicht“, flüsterte sie ihrem Pony ins Ohr. „Nachher machen wir mit Lolli und den anderen bei der Reitstunde mit. Ob sie schon da ist?“

Vor dem Haus traf Polly ihre Großmutter, die ebenfalls auf der Hufeisen-Ranch lebte. Elisabeth II. war wie immer so fein gekleidet und frisiert wie die Königin von England.

„Guten Morgen, mein Mädchen“, sagte sie und gab Polly einen Kuss auf die Wange. „Deine Freundin Laila hat angerufen. Sie hat Halsschmerzen und darf nicht herkommen, bis sie wieder ganz gesund ist. Armes Ding.“

„Lolli kommt nicht?“, fragte Polly. „Wie schade! Sie hatte sich so auf die Reiterferien gefreut! Ich rufe sie einfach heute Abend an und erzähle ihr alles. Bis nachher, Oma!“

Polly fand die Feriengäste im Saloon. Die meisten Kinder standen um Julius herum, der mit seinem Handy im Wagenrad-Sessel schaukelte. Hochkonzentriert tippte er auf dem Display herum. Aus dem Lautsprecher des Handys tönten Knall- und Knirschgeräusche.

„Kann ich auch mal?“, fragte Finn.

„Klar, ihr dürft alle mal“, erwiderte Julius gönnerhaft.

Eine Woge Ingwer-Limette-Bananen-Duft kam mit Chris zur Tür herein. „Guten Morgen allerseits!“, sagte sie. „Zeit für die erste Reitstunde. Habt ihr Lust?“

Alle jubelten, Polly fast am lautesten.

„Wir bilden zwei Gruppen“, erklärte Chris. „Eine Gruppe trainiert mit Herrn Winnfeld im Roundpen an der Longe. Das ist nicht nur etwas für Anfänger, glaubt mir“, meinte sie, als sie ein paar lange Gesichter bemerkte. „Die zweite Gruppe reitet mit mir in der Halle. Morgen wird getauscht. Für meine Gruppe sind angemeldet ...“ Chris nahm einen Zettel aus der Tasche ihrer Reitweste und las vor: „Silva, Helena, Finn, Julius und Emma. Bei Herrn Winnfeld sind Ronja, Ole, Josefine-Florentine und Anni.“

„Können Smoky und ich bei dir mitmachen?“, fragte Polly die Reitlehrerin. Die nickte und machte sich eine Notiz auf ihrer Liste.

Die anderen Kinder gingen Richtung Tür. Nur Julius hockte immer noch mit seinem Handy im Schaukelsessel.

„Reitstunde, Julius“, sagte Polly.

Julius zuckte mit den Schultern. „Mir egal“, murmelte er.

„Willst du gar nicht reiten?“, fragte Polly ungläubig.

Nun sah Julius von seinem Handy auf. „Wenn du es genau wissen willst: nein“, zischte er. „Ich wollte überhaupt nicht in diese blöden Reiterferien fahren. Ich wäre viel lieber zuhause. Ich verpasse die besten Challenges der Gamer-Woche auf dieser blöden Ranch!“

Polly starrte Julius an. Dass er gar nicht hier sein wollte, erklärte natürlich seine schlechte Laune. Sie überlegte, ob ihr etwas Aufmunterndes einfiel, da raunzte er: „Und jetzt hau ab und lass mich in Ruhe, ich muss diesen Kampf gewinnen.“

Nun hatte Polly aber genug. „Glaub mir, ich fänd es auch viel besser, wenn du zuhause wärst!“, schimpfte sie.

Finn und Ole, die noch an der Tür standen, hörten Pollys Worte.

„Echt jetzt?“, fragte Finn. „Hey, bist du fies, Polly!“ Er flüsterte Ole etwas ins Ohr. Der guckte finster zu Polly, schüttelte den Kopf und beugte sich dann zu Ronja, die vor ihm ging.

„Aber … aber Julius war auch fies zu mir“, sagte Polly, doch ihr hörte schon niemand mehr zu.

In diesem Augenblick faltete Chris ihre Liste zusammen und klatschte in die Hände. „Ab in die Reithalle, ihr zwei“, sagte sie. „Auch du, Julius. Deine Eltern haben uns extra gesagt, dass du dich nicht drücken darfst. Zur Not sollen wir dir das Handy abnehmen."

Julius funkelte sie an, steckte aber brav sein Smartphone ein und verließ den Saloon. „Wehe", raunte er, als er an Polly vorbeiging.

Wenig später standen Polly, Emma, Silva, Helena, Finn und Julius neben ihren Ponys in der Reithalle.

„Bitte noch einmal die Sattelgurte nachziehen", sagte Chris.

Polly grinste. Das musste sie bei Smoky ja nicht tun. Daher hatte sie Zeit, herumzugucken. Julius blickte weiterhin missmutig drein, schien sich aber mit dem Sattelzeug gut auszukennen. Emma und Motte waren sowieso ein Herz und eine Seele. Finn allerdings hatte Probleme mit Cookie. Er bekam den Sattelgurt einfach nicht fester.

„Bestimmt hat sich Cookie extra aufgeblasen", rief Polly ihm zu. „Das macht er öfter. Kein Problem, ich helfe dir!" Sie wollte zu dem Jungen hingehen, doch er wandte sich ab.

„Das kann ich selber", murrte er.

Polly runzelte die Stirn. „Wer nicht will, der hat schon", flüsterte sie Smoky zu und schmiegte sich an sie.

„Du solltest weniger mit deinem Pferd reden und

mehr zuhören“, sagte eine höhnische Stimme neben ihr. Es war Julius, der bereits auf dem Rücken von Ponderosa, einer sahnegelben Stute, saß. Auch die anderen saßen im Sattel. Offenbar hatte Polly Chris‘ Signal zum Aufsitzen verpasst.

„Ich rede eben gern mit Smoky“, sagte sie. „Sie ist meine beste Freundin! Neben Lolli natürlich.“

„Und bestimmt versteht sie jedes Wort“, meinte Julius spöttisch.

„Allerdings!“ Polly spürte, wie sie wieder ärgerlich wurde. Ihre Stimme wurde lauter. „Smoky und ich verstehen uns blind! Und wer ist dein bester Freund? Dein Handy?“

Polly bemerkte plötzlich, dass alle sie anschauten. Helena und Silva verzogen die Gesichter. Finn und Julius tuschelten miteinander. Offenbar hatten alle Pollys kleinen Ausbruch mitbekommen. Und nun hielten sie Polly für hochnäsig und gemein, dabei hatte Julius doch eigentlich sie geärgert!

Zum Glück begann endlich die Reitstunde. Polly nahm sich vor, den anderen später alles zu erklären. Nun konzentrierte sie sich erst einmal. Chris sagte verschiedene Bahnfiguren an und die Kinder mussten abwechselnd die Abteilung anführen. Polly stellte fest, dass Julius kein schlechter Reiter war. Er saß sicher auf Ponderosa, aber sein Gesicht verriet, dass er eigentlich keine Lust dazu hatte.

Nach einer Weile ließ Chris die Abteilung antraben. Polly war nun mit Smoky an erster Stelle. Sie trabten eine Runde, dann gab Chris die Anweisung zum Galoppieren. Polly gab die Hilfe, Smoky trabte noch ein paar Meter, dann fiel sie in den Schritt.

„He, Smoky!“, flüsterte Polly entsetzt. Sie trieb ihr Pony noch einmal kräftig an. Smoky trabte wieder, wenn auch eher gemächlich, dann bremste sie, trottete im

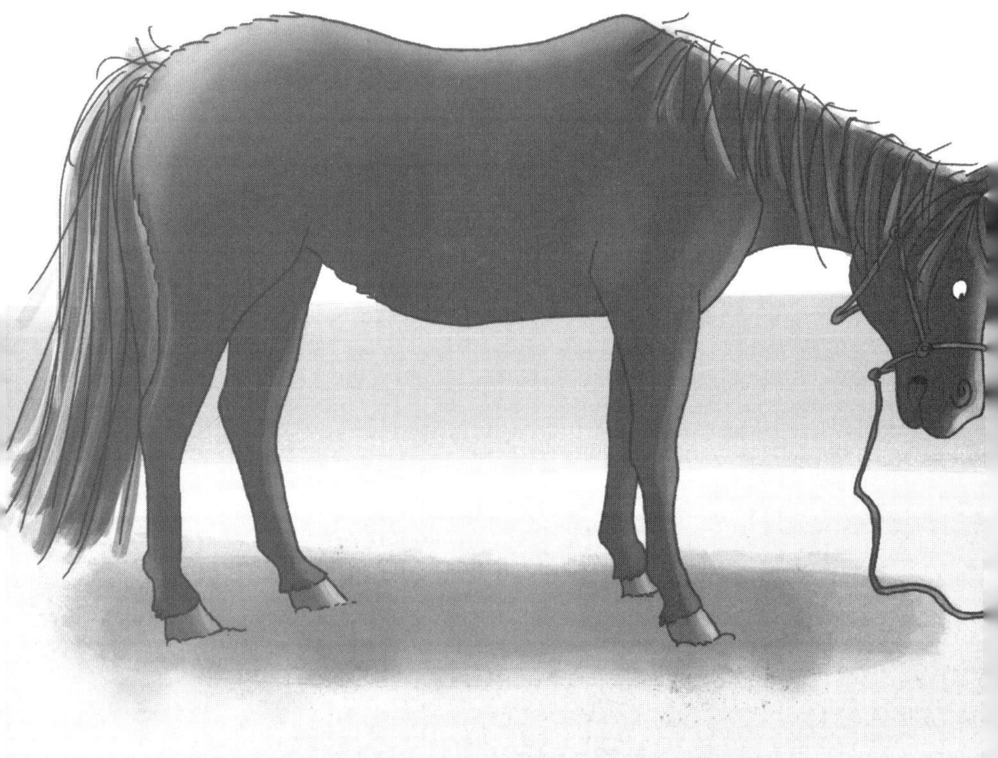

Schritt weiter und senkte den Kopf. Auf Smokys frisch geputztem, superglattem Fell kam Polly ins Rutschen und segelte über die Mähne auf den Boden. Autsch.

Chris eilte sofort zu Smoky, die ein paar erschreckte Schritte zum anderen Ende der Reithalle gemacht hatte. Emma lenkte Motte zu Polly, stieg ab und half ihr hoch. „Hast du dir wehgetan?", fragte sie.

Polly schüttelte den Kopf. Ihr Po schmerzte und ihr Gesicht fühlte sich so heiß an wie nach einem Galopp im Sommer. Sie blickte auf und sah, dass Julius Ponderosa so lenkte, dass er wie ein Anführer vor Silva, Helena und Finn stand. „Dein Pony ist ja echt ein *toller* bester Freund", sagte er höhnisch. „Ihr beiden versteht euch wirklich blind."

Die anderen lachten.

So eine süße Strafe

In manchen Reitschulen müssen Reitschüler einen Kuchen backen, wenn sie zu spät kommen oder wie Polly vom Pferd fallen. So haben alle etwas von dem kleinen Missgeschick. Hier kommt ein einfaches und sehr leckeres Kuchenrezept.

Besorgen

150 g weiche Butter oder Margarine
120 g Zucker
3 Eier
300 g Mehl
½ Tüte Backpulver
60 g Backkakao
etwas Öl für die Form
Rührschüssel, Handmixer, Kastenform, Pinsel

Teig mischen

Verrühre die weiche Butter oder Margarine, Zucker und Eier mit dem Handmixer etwa zwei Minuten auf höchster Stufe. Gib nun Mehl, Backpulver und Kakao in die Schüssel und verrühre alles langsam, sonst staubt es zu sehr. Wenn du die Mixstäbe hochhebst, sollte der Teig langsam herunterfallen. Tropft er zu sehr, gib etwas mehr Mehl dazu. Klebt er an den Mixstäben, brauchst du ein wenig Milch.

Backen

Pinsele die Backform mit Öl aus und fülle den Teig hinein. Nun schiebst du den Kuchen bei 150 Grad Umluft für etwa 40 Minuten in den Ofen. Pikse einen Holzspieß oder eine Stricknadel hinein. Wenn nichts kleben bleibt, ist der Kuchen fertig.

Pollys Tipp

Du bist kein Kakaofan? Ich gebe manchmal statt Kakao eine Tüte Vanillezucker und ein paar bunte Streusel in den Teig. Oder Schokolinsen, Nüsse, Raspelschokolade, übrige Schokoladenostereier, Erdnussbutter ... Ganz nach Lust und Laune!

Viertes Kapitel, in dem Strohballen und die Fetzen fliegen

Zum Glück war die Reitstunde bald vorbei. Polly fühlte sich nicht besonders gut. Julius störte ihren ganzen schönen Ponyferientraum! Aber auch Smoky benahm sich nicht wie erwartet. Warum wollte sie nicht galoppieren? Wenn Polly so darüber nachdachte, hatte sie ihre Stute schon lange nicht mehr in dieser Gangart erlebt. Ein weicher, gemütlicher Trab war alles, wozu Smoky sich momentan durchringen konnte. Polly seufzte. Die Reiterferien sollten doch einfach nur traumhaft sein! Nun war Lolli krank, Smoky bockig und Julius gemein. Polly sah ihre rosarote Ponyferientraumwolke im hellen Sonnenlicht verdunsten und sich in Nichts auflösen.

Neben Smoky, die den Kopf hängen ließ und die Augen halb geschlossen hatte, tapste sie auf den Hof. Sie band ihr Pony auf dem einzigen freien Platz an: zwischen Motte und Ponderosa. Immerhin war Julius gerade auf der anderen Seite der Stute beschäftigt und beachtete Polly nicht weiter. Auch die andere Reitergruppe kam von ihrer Stunde an der Longe zurück und machte sich auf dem Hof ans Putzen.

Polly griff ihren Glitzerhufkratzer und starrte nachdenklich auf Smokys rauchschwarzen Rücken.

„Oh, ist der schön!", sagte Emma und zeigte auf den Hufkratzer. „Selbstgemacht? Meiner ist ganz langweilig aus Plastik. Aber das macht ja nichts, Hauptsache er macht die Hufe schön sauber. Nicht wahr, Mottilein?"

Pollys Mundwinkel wanderten nach oben. „Soll ich Smoky auch Spitznamen geben?", fragte sie Emma. „Vielleicht Rauchi? Smoke heißt nämlich Rauch, weißt du."

Emma ließ ihren Blick über die Stute schweifen, vom samtigen Maul bis zu den schwarzen Hinterhufen. „Oder Schwarzfuß? Das klingt so romantisch und passt auch ein bisschen zur Wildwest-Ranch."

„Nein, das gefällt mir nicht so, ich finde, das klingt wie Hasenfuß", wandte Polly ein. „Lady würde passen, denn Smoky benimmt sich ein bisschen wie eine feine Dame."

„Black Beauty!", meinte Emma. „Blacky oder Blacka klingen auch schön."

Jetzt ging die Fantasie mit Polly durch. „Die-ohne-Sattel-trabt", schlug sie vor. „Oder Die-an-meiner-

Jacke-knabbert! Das klingt so richtig schön indianisch und außerdem stimmt es. Lass das, Smoky! Du kriegst ja gleich dein Leckerli, aber zuerst wird geputzt.“ Sie schob Smokys weiches Maul von ihrer Jackentasche weg, wo das Pony nach einem Leckerbissen gesucht hatte.

„Ich hab noch eine Idee“, rief Emma. „Bärchen! Hasenpony! Schnuckelsalat!“

Polly prustete so laut los, dass Smoky aufschreckte. „Schnuckelsalat ... Emma, du bist der Knaller!“ Während Polly sich noch die Lachtränen aus den Augen wischte, tauchte plötzlich Julius neben ihr auf. Er war gerade dabei, den Striegel am Boden auszuklopfen. Staub wirbelte auf und er trat zur Seite.

„Ponys sind ganz schöne Dreckschleudern“, meinte er angewidert. „Das wäre übrigens auch ein schöner Spitzname für eure Ponys: Dreckschleuder. Oder Pferdewurst. Oder auch Abdeckerliebling.“ Er bewegte seine Hand in einer eindeutigen Geste vor seiner Kehle entlang.

Polly spürte, wie ihr alles Blut aus dem Gesicht wich und sie nach Worten rang. Emma fand ihre Sprache zuerst wieder. „Du gemeiner ... du fieser ... du alter ...“, stotterte sie.

„Du fieser Hund!“, rief Polly wutentbrannt. „Du gemeiner Knochen! Ich wünschte, du wärst niemals hierhergekommen!“

Langsam bekamen auch die anderen mit, dass es Streit gab. Helena, die gerade sorgfältig Feechens Schweif verlas, blickte mit großen Augen hinter ihren Brillengläsern hervor, blieb aber still. Finn sagte: „Spinnst du, Polly? Emma? Was ist denn los mit euch?“ Und Silva fragte entsetzt: „Wie könnt ihr nur so gemein zu Julius sein?“

Julius drehte sich zu den anderen um. „Es ist ganz egal, was ich tue“, sagte er mit trauriger Stimme. „Polly hasst mich. Sie und Emma wollen mich loswerden.“

Polly blieb der Mund offen stehen. „Was für ein Quatsch“, sagte sie empört. „Emma, du hast es doch gehört. Julius ist der Fiesling! Er war total gemein zu *uns!*“

„Er hat unseren Ponys mit dem Abdecker gedroht“, erklärte Emma den anderen.

Julius griff sich mit übertriebener Geste ans Herz. „Leute!“, rief er. „Das würde ich doch nie tun. Ihr wisst, ich bin nicht so wild aufs Reiten wie ihr. Pollys und Emmas Ponys sind mir aber völlig egal! Warum sollte ich sie angreifen?“

Polly konnte Julius‘ Theater kaum noch ertragen. „Weil du ein fieser, gemeiner Hundsknochen bist“, sagte sie grimmig.

„Polly, jetzt reicht es aber echt“, sagte Silva. Helena und Ronja sahen entsetzt aus.

„Armer Julius!“, flötete Josefine-Florentine. Sie und Helena, Ronja und Silva, Anni, Finn und Ole drängten sich um Julius, während Polly und Emma allein dastanden.

Polly drehte sich weg. „Beachte sie einfach nicht, Emma“, sagte sie tonlos. „Komm, wir putzen unsere Ponys fertig.“

„Kann uns doch egal sein, was die anderen denken. Immerhin haben wir unsere Lieblinge!“ Emma sprach betont fröhlich. Aber sie sah genauso unglücklich aus, wie Polly sich fühlte.

Kurz darauf kam Chris und zeigte den Feriengästen den Weg zur Koppel. Polly und Emma trotteten mit Smoky und Motte in einigem Sicherheitsabstand hinterher.

„Wer ist das denn?“, fragte Julius plötzlich.

Polly sah auf. Ein kleiner blonder Haarschopf schlüpfte in den Paddock, wo Móri, der Isländer-Hengst ihres Vaters, am Salzleckstein schlabberte.

„Wilma!“, rief Polly. Doch die Kleine hörte nicht. Polly drückte Emma Smokys Führstrick in die Hand. „Kannst du Smoky mitnehmen?“, bat sie. „Ich muss unbedingt Wilma von Móri weglotsen. Dann bringe ich sie am besten zu Mam oder Elisabeth II. in unser Haus."

Während Polly davonrannte, hörte sie Julius murren: „*Unsere* Ranch ... *unser* Haus ... von wegen!"

Es dauerte eine Weile, bis Polly Wilma dazu überredet hatte, mit ins Haus zu kommen. Dort spannte Mam sie beim Kochen ein.

„Wer die ganze Zeit Spaß mit den anderen Kindern haben möchte, kann auch mal eine halbe Stunde in der Küche helfen", sagte sie und stellte einen riesigen Berg Gurken, Äpfel und Karotten vor Polly ab.

„Ist das für die Ponys?", fragte Polly erfreut.

„Wehe!", entgegnete ihre Mutter. Sie hob drohend ihren Kochlöffel und bespritzte Polly dabei versehentlich mit Tomatensoße. „Waschen, schälen, klein schneiden, bitte. Anschließend wird das ein leckerer und gesunder Smoothie für euch alle."

„Lecker *und* gesund?", murmelte Tom, der am Küchentisch saß und Mathe büffelte. „Seit wann geht das gleichzeitig?"

Kichernd machte sich Polly an die Arbeit. Als sie endlich das Gemüse geputzt, die Äpfel geschält und alles unter der Regie ihrer Mutter in der Küchenmaschine zu Saft verarbeitet hatte, war es Zeit fürs Mittagessen. Als Frau Winnfeld einmal nicht hinguckte, steckte Polly einen Finger in den Smoothie und probierte. Sie musste zugeben, dass er wirklich lecker schmeckte.

Pollys Magen grummelte fast so laut, wie die Stufen der alten Holztreppe knarzten, als sie wenig später zum Saloon hinauflief. Die Ferienkinder waren bereits oben und deckten den Tisch. Anni, Silva und Ronja verteilten Teller und Gläser. Finn jonglierte mit den Löffeln. Helena faltete Schwäne aus Papierservietten und Josefine-Florentine versuchte, es ihr nachzumachen. Ole und Julius schleppten Kisten mit Wasser und Saft aus dem Nebenraum herein.

„Wo ist denn Emma?“, fragte Polly.

Niemand antwortete ihr. Also setzte sie sich zu Helena und Josefine-Florentine mit ihren Serviettenschwänen. Trotz des Streits wollte sie versuchen, sich mit den Mädchen anzufreunden. Sie würden bestimmt einsehen, dass Julius hier der Störenfried war, nicht Emma und sie.

„Schön sieht das aus“, meinte Polly. „Könnt ihr auch Ponys?“

Helena schüttelte bedauernd den Kopf, aber Josefine-Florentine sagte schnippisch: „Helenas Schwäne sind doch wunderschön!“

„Natürlich, Jo-Flo“, meinte Polly schnell. „Aber Ponys sind einfach meine Lieblingstiere. Eure etwa nicht?“

„Ich heiße immer noch *Josefine-Florentine*“, schnitt die Polly das Wort ab. „Guck mal, Helena. Muss ich das jetzt so knicken?“

„Warte, ich zeig es dir“, antwortete Helena und faltete geschickt einen Bogen in den langen Schwanenhals.

„Toll“, sagte Polly. „Kann ich auch mal? Wie muss ich anfangen?“ Sie nahm eine Serviette und wartete auf Anweisungen.

„Jetzt ist es zu spät, es gibt ja gleich Essen“, sagte Helena und drehte Polly den Rücken zu.

„Papierservietten verursachen viel zu viel Müll“, sagte Anni im Vorübergehen.

„Echt?“, fragte Polly. „Wieso?“

Aber Anni antwortete ihr nicht. Stattdessen erklärte sie Helena und Josefine-Florentine, wie viele Bäume jedes Jahr für die Herstellung der Papierservietten gefällt werden mussten.

Polly blickte sich um. „He, Emma!“ Sie winkte dem Mädchen, das gerade zur Saloon-Tür hereinkam. „Hast du Smoky und Motte auf die Koppel gebracht?“

„Klar“, meinte Emma. „Den beiden Süßen geht es prima. Sie sind schon richtige Freunde geworden.“

Polly lächelte. Mit Emma und den beiden Ponys war wirklich alles rosarotponytraumhaft. Sie musste einfach nur vergessen, dass Julius stichelte, die anderen kaum mit ihr sprachen und ihr Servietten-Schwan einem Stachelschwein glich.

Nach dem Mittagessen saßen Polly und Emma am Koppelzaun, schauten den Ponys beim Grasen zu und unterhielten sich. Polly war froh, in Emma eine nette Freundin gefunden zu haben. Emma war lustig, mochte Pferde und vor allem: Sie war auf Pollys Seite. Denn die anderen Ferienkinder wechselten kaum noch ein Wort mit ihr. Ganz offensichtlich hatte Julius alle davon überzeugt, dass er von Polly gemein behandelt wurde – und nicht andersherum.

Polly seufzte. Wenn doch wenigstens Lolli hier wäre! Dann wären sie schon zu dritt. Hoffentlich konnte ihre beste Freundin am nächsten Tag wieder auf die Ranch kommen!

Am Nachmittag stand eine weitere Reitstunde auf dem Programm und danach Stallarbeit.

„Es gibt heute zwei Aufgaben für euch“, erklärte Herr Winnfeld. „Meine Gruppe äppelt die Weiden ab. Schnappt euch Eimer und Schaufeln und sammelt alle Pferdeäpfel von den Koppeln. Alles klar? Wenn nicht, fragt mich ruhig.“

„Dauert das lang?“, fragte Julius. Er warf einen Blick auf sein Handy, das er immer in der Hosentasche seiner schicken Reithose trug. „Ich muss heute noch einen Livestream gucken.“

Herr Winnfeld zog die Augenbrauen hoch. „Es dauert so lange, wie es eben dauert“, sagte er streng. „Die andere Gruppe, das sind die Reiter von Chris, holt Strohballen vom Heuboden. Polly zeigt euch, wie ihr dorthin kommt. Wir brauchen für jede Box zwei frische Strohballen.“

Der Heuboden lag über der Reithalle, war aber nur über eine Leiter vom Hof aus zu erreichen. Durch eine Luke konnte man hineinklettern. Die drei Jungs waren als Erste oben.

„Wir können die Strohballen durch die Luke nach unten schubsen, dann geht es am schnellsten“, meinte Polly zu den anderen. „Aber nur, wenn keiner im Weg st– Aaah!“ Aus dem Augenwinkel sah Polly etwas Großes

fallen, sprang zur Seite, stolperte und fiel hin. Neben ihr donnerte ein Strohballen zu Boden. Strohhalme wirbelten in alle Richtungen.

Emma rieb sich die Schulter. „Autsch“, sagte sie. „Der hat mich voll erwischt.“

Polly schaute nach oben. Julius streckte den Kopf aus der Luke zum Heuboden. „Achtung, Stroh fällt!“, rief er. „Habt ihr euch etwa wehgetan? Das wollte ich nicht.“

Polly funkelte ihn wütend an. „Das wolltest du nicht? Das kannst du meiner Oma erzählen! Und die glaubt es dir auch nicht!“

Silva und Helena sahen sie groß an. „Julius hat sich entschuldigt, was willst du denn noch?“, fragte Silva.

Polly biss sich auf die Lippen und besah ihre rechte Hand. Die Haut war vom Sturz abgeschürft und zwiebelte wie verrückt. „Ich hole mir kurz ein Pflaster“, sagte sie zu Emma. „Geh lieber zur Seite, die schmeißen gleich weiter.“

Im Haus wusch Polly sich nicht nur die schmerzende Hand, sondern auch das Gesicht. Dann starrte sie nachdenklich die Polly im Spiegel an. Warum war mit Julius nur alles so verfahren? Zugegeben, sie war auch ein paar Mal ganz schön biestig zu ihm gewesen. Aber doch nur, weil er sie geärgert hatte! Aber das hatten die anderen nie mitbekommen. Würde die Reiterferienwoche jetzt etwa so weitergehen? Sie und Emma gegen den Rest der Welt? Das wollte sie nicht.

„Haltung, mein Mädchen“, flüsterte Polly ihrem Spiegelbild zu. Das sagte Elisabeth II. manchmal. Polly band ihren roten Lockenzopf neu, pustete noch einmal auf die Wunde an der Hand und verließ das Haus. Auf ein Pflaster verzichtete sie doch lieber. Es fehlte noch, dass Julius bemerkte, dass er sie verletzt hatte!

Auf der Ranch war es überraschend ruhig. Kein Kind schleppte Strohballen vom Heuboden zum Stall. Keine Unterhaltung und kein Lachen waren zu hören.

„Wo sind denn alle hin?", fragte Polly Hobbit, der in der Sonne döste. Der Mischling sah auf und klopfte ein paar Mal mit dem Schwanz auf den staubigen Boden. Doch als klar war, dass Polly weder Streicheleinheiten noch Futter für ihn hatte, plumpste sein Kopf zurück auf die Vorderbeine und er gähnte.

Bei der Luke zum Heuboden lag ein ponyhoher Stapel Strohballen kreuz und quer vor der Reithalle. Polly nahm einen, ging damit zum Stall und ließ ihn vor Smokys Box liegen. Ihr Pony begrüßte sie mit einem leisen Brummeln und Polly strich kurz über das rauchschwarze Maul. Auf dem Rückweg traf sie Emma in der Stallgasse.

„Da bist du ja! Und wo sind die anderen?", fragte Polly.

Emma zuckte nur mit den Schultern, fasste die Schnüre ihrer beiden Strohballen fester und schleifte sie weiter die Stallgasse entlang. Motte, Cookie und Prinz streckten neugierig ihre Nasen in die Stallgasse und sahen zu, wie Emma sich abmühte.

„Warte mal!" Polly joggte dem Mädchen hinterher. Bevor Emma den Stall verlassen konnte, zog sie sie am Arm zu sich herum. „Was ist los? Warum hilft dir keiner? Nun sag schon."

„Sie sind alle die Weiden abäppeln gegangen“, gab Emma zu. „Julius meinte, mit den anderen zusammen wäre es lustiger. Finn war natürlich sofort dabei und die Mädchen sind einfach hinterher.“

Polly spürte ein Kribbeln im Magen. Sie hatte einfach keine Lust mehr auf diese fiesen Spielchen! Sie ließ sich doch nicht von irgendeinem Julius Ronneburg die Ponytraumferien vermiesen!

„Komm mit“, sagte sie und marschierte mit dem Mädchen im Schlepptau zur Koppel. Dort rannte sie direkt auf Julius zu und rammte ihm den Zeigefinger in die Brust. „Du!“, sagte sie.

Julius musterte sie von oben herab. Es war Polly noch nie aufgefallen, dass er einen halben Kopf größer war als sie.

„Was willst du?“, fragte er.

„Ich will, dass du Emma und mich in Ruhe lässt!“, spuckte sie ihm entgegen. „Ich will, dass du nicht mehr so fies bist! Und am liebsten will ich, dass du von meiner Ranch verschwindest.“

Julius‘ Augen verengten sich zu Schlitzen. „Deine Ranch, Winnfeld?“, fragte er. *„Deine* Ranch? Hast du immer noch nicht begriffen, wer ich bin? Ich bin Julius Ronneburg! *Meinen* Eltern gehört diese Ranch.“

Polly klappte der Unterkiefer herunter. „Das stimmt nicht“, sagte sie automatisch. Aber sie ahnte bereits, dass Julius die Wahrheit sagte. Deswegen war ihr sein Nachname so bekannt vorgekommen.

„Du denkst, dass du hier die Chefin spielen kannst“, zischte Julius. „Dass du etwas Besseres bist, nur weil du ein eigenes Pony besitzt. Aber das lasse ich mir von dir nicht bieten.“

Das wütende Brodeln in Pollys Bauch wurde immer stärker. „Spinn doch nicht rum! Ich hab nie gesagt, dass ich etwas Besseres bin“, schleuderte sie Julius entgegen. „Du bist ja nur neidisch, weil ich auf der Ranch wohne und nicht du!“

„Neidisch? Ich lach mich kaputt“, erwiderte Julius, ohne eine Miene zu verziehen. „Meine Eltern haben die Ranch nur als Geldanlage. Und ich würde tausendmal lieber bei mir zuhause in der Stadt sitzen und ein cooles Game am Tablet spielen, als hier mit dir Hottehü-Pferdchen zu spielen. Aber merk dir eins: Wenn du nicht tust, was ich sage, sitzt ihr übermorgen auf der Straße, du und deine Familie und dein tolles Pony. Wenn ich meinen Eltern nur einen kleinen Hinweis gebe, dass andere Mieter für die Ranch besser wären, habt ihr schneller kein Zuhause mehr, als du Smoky sagen kannst. Und jetzt geh Strohballen schleppen. Emma kannst du mitnehmen, die hält ja sowieso zu dir.“

Julius wandte sich ab. Helena, Silva und Ronja, Finn und Ole, Anni und Josefine-Florentine liefen ihm entgegen. Josefine-Florentine fragte mitfühlend: „War sie wieder gemein zu dir?“ Julius nickte und seufzte übertrieben.

Die anderen sahen feindselig zu Polly und Emma hinüber. „Und tschüss“, rief Finn und winkte den beiden zu.

„Komm, Emma“, flüsterte Polly. Während sie davonlief, schossen ihr Tränen in die Augen. Jetzt half nur noch eins: Sie musste sofort zu Smoky!

Schmücke dein Pony

In den Reiterferien oder zu einem besonderen Anlass wie einem Ponyfest kann man sein Pony auch mal schmücken. Das ist gar nicht so schwer und macht Riesenspaß!

Besorgen

dünnes Wollgarn in deiner Lieblingsfarbe
leichte Holzperle (etwa 1,5 cm Durchmesser)
Rest Pappe, Schere und Lineal

Wickeln

Schneide aus der Pappe ein 10 cm breites Rechteck aus. Wickele die Wolle so lange darum, bis du einen daumendicken Strang hast. Schneide den Faden ab und schneide den Wollstrang an einer Stelle durch. Du hast nun einen Strang 20 cm langer Fäden. Lege zwei Fäden beiseite.

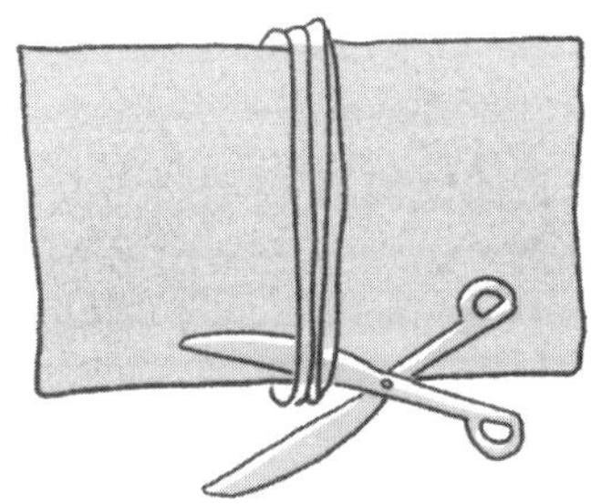

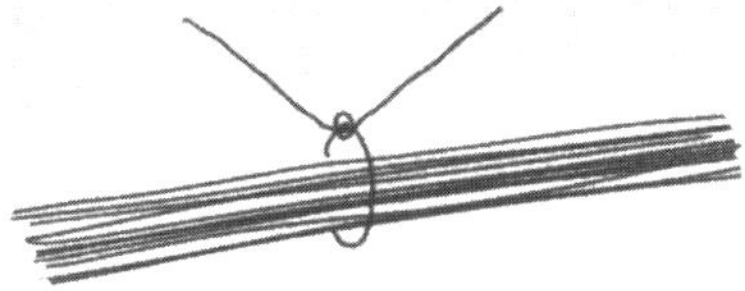

Verknoten

Knote einen der Einzelfäden mittig um den dicken Strang. Streiche die Wollfäden glatt nach unten und knote den anderen Einzelfaden etwa 2 cm tiefer um den doppelten Strang. Lasse die Fadenenden mit den anderen Wollfänden nach unten hängen.

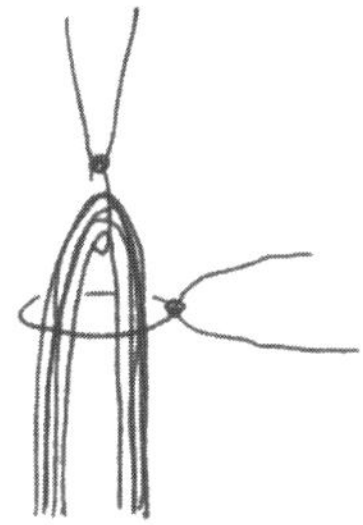

Fertigstellen

Schneide die Fäden unten alle auf einer Länge ab. Fädele eine Perle auf die beiden oberen Fäden. Mit diesen kannst du die Quasten nun am Stirnriemen befestigen.

Pollys Tipp

Du kannst auch viele kleine Quasten machen (nimm ein 5 cm breites Rechteck) und sie an die Zügel oder seitlich ans Reithalfter knoten. Möchtest du Farben mischen? Klar, auch das geht. Teste immer vorsichtig, ob dein Pferd sich durch die Quasten gestört fühlt. Ich habe mir auch extra Ponyquasten für meinen Schulrucksack gebastelt!

Fünftes Kapitel, in dem Polly einen Plan macht

Ponygeruch, kuschelweiches Fell, Wärme. Eine rauchschwarze Mähne, in der Polly ihr Gesicht verstecken konnte. Das Rascheln von Stroh, als Smokys Hufe sich bewegten. Smokys ruhiges, prustendes Atmen. Polly hatte die Arme fest um ihr Pony geschlungen. So stand sie minutenlang und wartete darauf, dass das Gewitter in ihrem Inneren nachließ und die Sonne wieder auf ihre rosarote Ponytraumwolke schien.

Zunächst pumperte Pollys Herz noch ziemlich heftig in ihrer Brust. Konnte Julius wirklich dafür sorgen, dass seine Eltern die Winnfelds von der Ranch schmissen? Am liebsten hätte sie Pap und Mam gefragt, aber sie traute sich nicht. Was, wenn es stimmte und dann wäre nur sie daran schuld, dass die Familie solche Probleme bekam? Hätte

sie doch niemals mit Julius geredet! Aber er hatte sie einfach auf die Palme gebracht, weil er Pollys schönen Ponyferientraum langweilig und blöd fand – und das auch überdeutlich sagte. Hätten seine Eltern ihn doch bloß nicht auf die Ranch geschickt! Nur deshalb war er so genervt von allem, was Polly toll fand. Und seine Wut ließ er anscheinend nun an Polly und Emma aus.

Und die anderen? Die hatten blöderweise immer nur Pollys ärgerliche Antworten mitbekommen und niemals Julius' gemeine Sprüche. Nun hielten sie Julius für einen Engel und Polly für einen Teufel. Emma war die Einzige, die zu ihr hielt! Hoffentlich bereute Emma das nicht schon, denn dadurch war sie bei den anderen Ferienkindern ebenfalls untendurch.

Polly flüsterte all ihre verwirrenden Gedanken und Gefühle ihrem Pony ins Ohr.

Smoky prustete lang den Atem aus. Es klang, als würde sie abgrundtief seufzen und es kitzelte an Pollys Rücken. Sie musste lächeln und löste sich von ihrer Stute.

„Habe ich dich zu doll gedrückt, meine Süße?“, fragte sie. Ihr Pony blickte sie ernst aus dunklen Augen an. „Du bist einfach die Tollste. Was reg ich mich eigentlich auf, wo ich doch dich habe?“ Sie legte einen Arm über Smokys Mähne und kraulte ihren Hals. Für Smoky fühlte sich das so an, als ob sie wieder ein Fohlen wäre und ihre Mama dicht bei ihr stand. Das hatte Chris Polly erklärt und Smoky liebte diese Art zu kuscheln wirklich.

Polly knotete ihre roten Locken zusammen und ging in die Stallgasse. Aus der Box nebenan kamen leise Geräusche. Stroh raschelte und jemand schniefte. Emma sprach leise zu ihrem Pony. Polly erwartete, noch mehr lustige Spitznamen für Motte zu hören, aber stattdessen vernahm sie: „... halte das nicht mehr aus ... laufen wir weg ..."

Polly erschrak. Der Streit nahm wohl auch Emma ziemlich mit. Ging es ihr wirklich so schlecht auf der Hufeisen-Ranch? Am liebsten hätte sie Emma gefragt, aber sie fühlte sich nicht wohl dabei, denn sie hätte nicht lauschen dürfen. Sie schlich zu Smokys Box zurück, klapperte mit der Tür und machte ein paar schlurfende Schritte zu Motte und Emma hin. Im nächsten Moment steckte das Mädchen den Kopf um die Ecke.

„Ach, du bist es", sagte Emma. „Ist es schon Zeit zum Abendessen? Ich hab echt Hunger." Sie lächelte, aber es wirkte ein wenig künstlich und ihre Augen schimmerten verdächtig. Polly beschloss, nichts dazu zu sagen. Am besten, sie tat einfach so, als ob nichts vorgefallen wäre. Julius würde sie ab jetzt aus dem Weg gehen. Die anderen Feriengäste würden mit der Zeit schon merken, dass sie und Emma eigentlich unschuldig und total nett waren. Und dann würden die Ponyferien doch noch traumhaft werden, ganz bestimmt.

„Abendessen wäre jetzt super“, sagte sie zu Emma. „Es gibt Hawaii-Toast. Aber vorher verteilen wir noch die Strohballen in den Boxen und machen es den Ponys gemütlich. Okay?“ Gemeinsam machten sich die Mädchen an die Arbeit.

Am nächsten Morgen wachte Polly früh auf. Durch einen Schlitz zwischen den Vorhängen fiel ein Streifen fahles Morgenlicht auf ihre Ponybettwäsche. Sie stand auf, tauchte unter den Gardinen hinweg und blickte aus dem Fenster. Hier hing ein selbstgemachtes Fensterbild. Das Pony darin schien für Polly jetzt genau vor dem Himmel zu galoppieren. Zusammen mit dem glitzernden Raureif auf den Dächern und Weiden der Ranch sah das richtig zauberhaft aus!

Polly war sicher, heute würde ein ponytraumhafter Tag werden, ganz anders als gestern! Sie hatte nämlich den perfekten Plan: Sie würde Julius aus dem Weg gehen und wenn sie doch aufeinandertrafen, wollte sie richtig höflich zu ihm sein. Dann konnte er gar nicht anders, als ebenfalls netter zu werden. Und dann hätte er auch keinen Grund mehr, sich bei seinen Eltern über Polly zu beschweren.

Wenig später hüpfte Polly in Reitsachen in die Küche. Mam und Pap waren schon wach. Der Ofen strahlte wahre Hitzewellen ab und es roch nach Kaffee und Toast. Wilma saß mit einem Bilderbuch auf dem Sofa im angrenzenden Wohnzimmer. Von Tom und Tara war noch nichts zu sehen.

„Morgen, Polly!“, sagte Frau Winnfeld und zog ihre Tochter an sich. „Du bist aber früh auf.“

„Selber“, sagte Polly. Einen Moment lang ließ sie sich in die Arme ihrer Mutter sinken. Die fühlte sich zwar ganz anders an als Smoky, aber auch ziemlich gut.

„Du strahlst ja heute so“, stellte ihr Vater fest. „Da wird es dich sicher freuen zu hören, dass Frau Wairami gestern noch angerufen hat. Lolli darf heute wieder herkommen.“

„Jippie!“ Polly machte einen kleinen Luftsprung. Mit ihrer besten Freundin würde der Tag sicher noch traumhafter werden! Außerdem hatte sie dann noch eine Verbündete gegen Julius, falls es mit dem Nettsein nicht so gut klappte.

„Was machen wir heute mit den Ferienkindern, Pap?", fragte Polly. Sie setzte sich an den Tisch, nahm eine Scheibe Toast und schmierte Butter und Marmelade darauf.

„Reitstunden und Stallarbeit", antwortete ihr Vater. „Chris möchte, dass alle mal ohne Sattel reiten. Und Tara schlägt vor, den Ponys die Mähnen einzuflechten. Klingt das gut?"

Polly nickte lächelnd. „Supergut", sagte sie.

„Dabei fällt mir etwas ein", fuhr Herr Winnfeld fort. „Ich könnte deine Meinung gebrauchen. Chris und ich hatten gestern eine Idee. Sie kam uns, weil die Feriengäste insgesamt so sichere und gute Reiter sind. Mam hat auch schon zugestimmt, aber jetzt möchte ich wissen, was die Zielgruppe davon hält."

Polly blinzelte ihren Vater verständnislos an. „Wer?"

„Na ihr, die Reiter", erklärte Herr Winnfeld. „Also, wie wäre es am Samstag mit einem Tagesritt? Es ist für unsere Gäste der letzte Tag und wir könnten ein Spiel daraus machen. Eine Gruppe spielt die Goldsucher, die andere die Banditen. Wer am Ende des Tages die meisten Goldnuggets hat, gewinnt."

Polly hörte auf zu kauen. „Heißt das, wir reiten den ganzen Tag durch die Prärie?", fragte sie. „Und spielen dabei etwas?"

Herr und Frau Winnfeld nickten und Polly spürte ein breites Grinsen auf ihrem Gesicht. „Cool!", sagte sie. „Absolut rosarotponytraumhaftsupercool!"

„Prima, dann mache ich mich gleich mal an die Vorbereitung." Pollys Mutter nahm einen Notizblock und einen Stift aus der Schublade des Küchentischs und begann zu schreiben. „Picknick, Erste-Hilfe-Set, Spielregeln, Landkarten, Goldnuggets ..."

Polly hörte nicht mehr richtig hin. Der Plan klang einfach großartig! Sie konnte es kaum erwarten, Lolli und Emma davon zu erzählen.

Nach einer ausführlichen Kuschelrunde mit Smoky, nach Box sauber machen und Heu holen war es auf der Ranch schon viel betriebsamer geworden. Die Ferienkinder kamen vom Frühstück aus dem Saloon. Ronja, Silva und Helena spielten auf den Holzpferden vor der Reithalle. Ole warf für Hobbit einen Stock, während Finn über sein Handy gebeugt war. Julius war nirgends zu sehen, zum Glück. Aber wo war Emma?

Da entdeckte Polly ein anderes vertrautes Gesicht. „Lolli, juhu!", rief sie und rannte zu ihrer besten Freundin. Die kam wie immer mit dem Rad. In ihrem mit Blümchen geschmückten Fahrradkorb lagen Reithelm, Reitweste und eine Tafel weiße Schokolade. Zu ihrem

Pulli mit den neongelben Punkten trug sie heute ein dickes blaues Halstuch.

„Tut es noch weh?“, fragte Polly und zeigte auf das Tuch.

„Mmh, ja, schon ... ein bisschen“, antwortete ihre Freundin. Sie schluckte und verzog das Gesicht. „Ich habe Mama natürlich gesagt, dass es mir wieder super geht, sonst hätte ich nicht kommen dürfen. Verpetz mich bloß nicht!“

„Natürlich nicht. Schließlich musst du Samstag unbedingt beim Goldsucher-Tagesritt dabei sein!“ Schnell erzählte sie Lolli von Paps Plan. „Komm, wir suchen Emma, die wird sich bestimmt auch darüber freuen.“

Polly und Lolli schauten in Mottes Box nach Emma, aber der Braune war allein. Sie stiegen die Treppe zum Saloon hoch, doch auch hier war sie nicht. Josefine-Florentine saß im Wagenrad-Schaukelsessel, hatte Feder auf dem Schoß und streichelte die schnurrende Katze. Frau Winnfeld, Tom und Anni luden gerade das Frühstücksgeschirr auf Tabletts und wischten den Tisch sauber.

„Wisst ihr, wo Emma ist?“, fragte Polly.

Ihre Mutter drehte sich um, den Wischlappen in der Hand. „Gut, dass du fragst, Emma war nämlich nicht beim Frühstück. Ob sie verschlafen hat?“

Polly blickte Anni an, die mit Emma und Josefine-Florentine im Tipi Sonnenhöhle schlief. „Hat sie noch geschlafen, als ihr aufgestanden seid?“, fragte sie.

Unerklärlicherweise wurde Anni rot. „Nein … also, weiß nicht … Glaube ich nicht“, stotterte sie. Sie warf einen fragenden Blick zu Josefine-Florentine hinüber, aber die hatte nur Augen für den rot getigerten Kater auf ihrem Schoß.

Polly und Lolli liefen zur Sonnenhöhle und klopften an die Tür. Als niemand antwortete, gingen sie hinein.

Emma lag noch im Bett und drehte ihnen den Rücken zu.

„He, Schlafmütze“, rief Lolli gut gelaunt. „Du hast das Frühstück verpennt. Weiße Crisp?“ Sie hielt Emma ein Stück Schokolade hin.

Umständlich setzte Emma sich auf, rieb sich das Gesicht und gähnte. Ihre Augen waren geschwollen und blinzelten noch sehr müde zu Polly und Lolli hoch.

„Man schläft himmlisch in unseren Tipis, oder?“, fragte Polly, sah sich im Raum um und stutzte. Neben einem der Spinde lag Emmas Reisetasche, die Polly vor ein paar Tagen selbst hergetragen hatte. Am Tisch lehnte Emmas Rucksack und über dem Stuhl hingen die Kleidungsstücke von gestern. Ansonsten war das

Häuschen leer. Keine Decken und Kissen auf den anderen Betten, keine Koffer oder Taschen, keine getragenen T-Shirts, schmutzigen Socken, Ladekabel, Bücher, Bonbontüten oder irgendein Hinweis darauf, dass hier noch zwei andere Mädchen wohnten. Auf einem Bett fehlte sogar die Matratze.

„Anni und Jo-Flo sind aber ordentlich", sagte Polly.

Lolli runzelte die Stirn. „Äh, das geht doch gar nicht. So ordentlich kann man nicht sein, ohne Kissen und Bettdecke."

Emma nahm sich viel Zeit, ihre Schokolade zu kauen und herunterzuschlucken. Je genauer Polly sie betrachtete, umso mehr fand sie, dass diese nicht nur verschlafen, sondern richtig unglücklich aussah. Emma hatte rot geweinte Augen und einen traurigen Zug um den Mund. Stumm zog sie die Knie an die Brust und umschlang die Beine.

Polly ließ sich neben ihr aufs Bett plumpsen. „Jetzt sag schon, was ist los?"

„Anni und Josefine-Florentine sind in die Bärenschlucht umgezogen“, erzählte Emma schließlich. „Gestern Abend, während wir die Strohballen in den Stall gebracht haben. Sie haben alle ihre Sachen mitgenommen und sogar eine Matratze, weil bei Helena, Silva und Ronja nur noch ein Bett frei war.“

„Was?“, fragte Lolli überrascht. „He, aber ... wieso sollten sie das tun?“ Mit ihren großen dunklen Augen starrte sie Emma an.

Polly fragte nicht. Sie ahnte, wieso. „Ich muss dich mal eben auf den neuesten Stand bringen, Lolli“, begann sie und erzählte ihrer Freundin alles von Julius’ fiesen Sprüchen, ihren wütenden Antworten und der Tatsache, dass nun die anderen Feriengäste Polly und Emma für die Verursacher des Streits hielten. Auch seine Drohung, die Winnfelds von der Ranch zu vertreiben, ließ Polly nicht aus, obwohl es ihr ein böses Kribbeln im Bauch machte, auch nur daran zu denken.

„Oooh, voll fies!“, empörte sich Lolli. „Der spinnt ja total! Und du musstest ganz alleine im Tipi schlafen, Emma? Warst du traurig? Hast du dich gefürchtet?“

Emma nickte unglücklich. „Zuerst war ich nur wütend. Ich wollte sofort zu Motte, denn das mache ich zuhause auch immer, wenn ich mich schlecht fühle. Aber es war schon dunkel draußen und ich kenne die Hufeisen-Ranch ja nicht so gut ... Ich habe mich nicht getraut, zu ihm zu gehen."

Polly und Lolli nickten verständnisvoll.

„Aber es wurde noch schlimmer", flüsterte Emma. „Ihr haltet mich bestimmt für verrückt, aber ... es hat gespukt! Schritte liefen über das Dach ... gruselige rote Lichter leuchteten ... und dann diese Geräusche ..." Emma blickte über ihre Schulter, als erwartete sie ein Gespenst, das zwischen ihr und der Hauswand lauerte. „Ich konnte nicht schlafen, bis es heute Morgen hell wurde. Das halte ich nicht noch eine Nacht aus! Ich will nach Hause! Aber wie soll ich meinen Eltern erklären, warum sie mich abholen sollen?" Emma hielt ein unsichtbares Telefon an ihr Ohr. *„Hallo, könnt ihr mich bitte vier Tage früher abholen? Leider hassen mich hier alle anderen Kinder. Und übrigens: in meinem Tipi spukt es. Tschaui!* Das kann ich meinen Eltern doch nicht sagen!"

Polly überredete Emma, duschen zu gehen und sich anzuziehen. Währenddessen holten Polly und Lolli etwas zu essen. Bevor sie wieder in die Sonnenhöhle gingen, hielt Polly ihre Freundin am neongepunkteten Ärmel fest.

„Was machen wir denn jetzt?“, fragte sie verzweifelt.

„Alsooo“, machte Lolli. „Glaubst du, es spukt echt?“

Polly schüttelte den Kopf. „Es gibt keine Gespenster. Aber Julius ist fies genug, Emma einen richtigen Schrecken einzujagen.“

„Mmh“, machte Lolli. „Also sagen wir deinen Eltern Bescheid. Die müssen *bestimmen*, dass Anni und Jo-Flo zurück ins Tipi ziehen! Und sie müssen mit Julius reden.“

„Das geht nicht, Lolli. Wenn Julius Ärger bekommt, beschwert er sich garantiert bei seinen Eltern und die schmeißen uns dann hier raus!“ Nervös verknotete Polly ihre Haare im Nacken. „Meine Eltern dürfen nicht erfahren, was hier los ist. Auch weil …“, sie schluckte, „weil ich an dem Streit mit schuld bin.“

„Häh, wieso das denn?“ Vor lauter Aufregung holte Lolli ihre Schokolade hervor und biss einen Riesenhappen von der Tafel ab.

„Ich hab darüber nachgedacht, was Julius gestern gesagt hat.“ Polly sah Lolli dabei nicht an. „*Du denkst, dass du etwas Besseres bist, nur weil du ein eigenes Pony besitzt.*“

„Aber das stimmt doch gar nicht!“, rief Lolli.

„Natürlich nicht“, erwiderte Polly. „Aber ich glaube,

ich war schon ein bisschen nervig. Ich bin einfach so verliebt in Smoky! Ich glaube, das habe ich total raushängen lassen."

„Okay, ich kann's mir ungefähr vorstellen." Lolli grinste. „Du schwärmst halt gerne von Smoky. Aber ist doch völlig normal, du hast sie eben total lieb."

Polly sah auf ihre Reitstiefel hinunter. Hätte sie nur nicht mit Smoky angegeben. Und hätte sie Julius bloß nicht so angemeckert! „Ich Riesenschaf", meinte sie zerknirscht.

„Naja", meinte Lolli. „Nach allem, was ich von Julius gehört habe, ist der echt kein Engel. Außerdem war es von Anni und Jo-Flo wirklich gemein, Emma alleine zu lassen. Du bist hier also nicht das einzige Schaf."

Polly lachte, aber dann wurde sie schnell wieder ernst. „Und was machen wir jetzt?", kehrte sie zu ihrer Ausgangsfrage zurück.

Eine Weile schwiegen beide. Aber als sie die Tafel Weiße-Crisp-Schokolade aufgefuttert hatten und Emma geduscht und angezogen aus dem Badezimmer kam, hatten sie bereits einen Plan ausgetüftelt.

Schöne Aussichten mit dem Pony-Fensterbild

Du kannst dein Zimmerfenster wie Polly mit einem wunderschönen Ponybild schmücken. Dann ist es fast so, als würdest du dein Lieblingspony draußen sehen!

Besorgen

schwarzes Tonpapier in A4, durchsichtige Klebefolie in A4
Reste buntes Transparentpapier, Pferdebilder (z. B. aus einer Zeitschrift), Klebefilm und Klebestift, Bleistift und Schere

Rahmen basteln

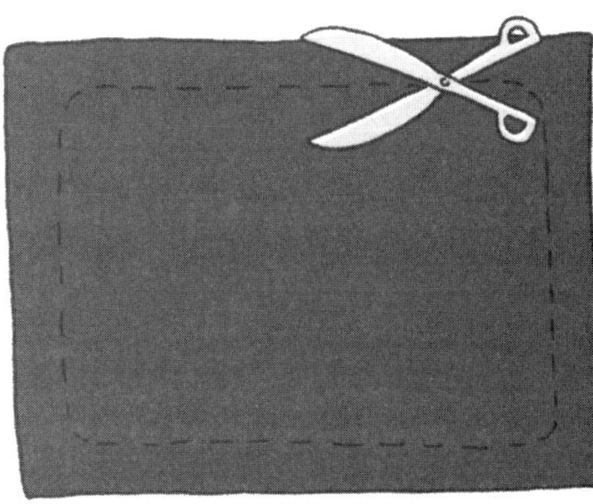

Schneide aus dem schwarzen Tonpapier das Innere heraus, sodass ein Rahmen stehen bleibt. Ziehe das Schutzpapier von der Klebefolie ab und befestige sie mithilfe des Klebefilms auf dem Tisch – mit der Klebeseite nach oben. Das ist ein bisschen fummelig, lass dir am besten von deinen Eltern helfen. Beklebe die Folie nun über und über mit kunterbunten Schnipseln Transparentpapier. Klebe zuletzt den schwarzen Rahmen auf das bunte Bild, dafür kannst du den Klebestift benutzen.

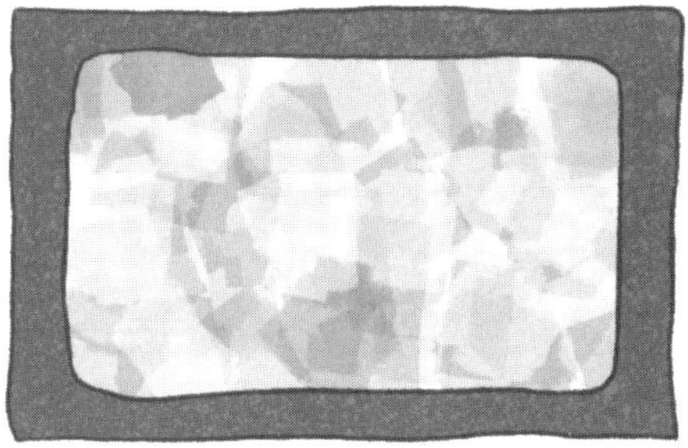

Pferd ausschneiden

Lege ein Stück Transparentpapier auf das Pferdebild und zeichne den Umriss nach. Schneide ihn aus und übertrage ihn auf den Rest schwarzes Tonpapier. Schneide wieder aus. Auf diese Art kannst du eine ganze Ponyherde basteln. Klebe sie mit Klebestift in den bunten Rahmen. Fertig! Nun kannst du dein Kunstwerk ins Fenster hängen.

Pollys Tipp

In mein Bild habe ich aus Transparentpapier einen orangefarbenen Kreis geklebt und lauter orangene, gelbe und rosa Schnipsel drum herum. Nun sieht es aus, als würde mein schwarzes Pony vor dem Sonnenuntergang stehen. Ponytraumhaftschön!

Sechstes Kapitel, in dem es klappert, heult und blinkt

Als der Spieleabend im Saloon beendet war und Mam die Kinder in die Tipis schickte, radelte Lolli nicht wie üblich nach Hause und Polly ging nicht in ihr Zimmer. Stattdessen liefen die beiden mit Emma zur Sonnenhöhle. Heute würde sie nicht alleine schlafen! Polly und Lolli hatten sogar auf die Reitstunde am Nachmittag verzichtet, um in der Zeit die Erlaubnis von Lollis Eltern sowie Lollis Schlafsachen zu holen.

Was Polly anging, war sie ausnahmsweise gar nicht so traurig über die verpasste Gelegenheit, auf Smoky zu reiten. Denn am Vormittag hatte Chris mit ihrer Gruppe im Roundpen an der Longe trainiert und Smoky hatte wieder einmal nicht galoppieren wollen. Stattdessen war sie gemächlich getrabt. Eigentlich fand Polly das zwar wahnsinnig gemütlich, aber auf Julius' abschätzigen Blick hätte sie gut verzichten können. Oder darauf, dass Smoky sich geweigert hatte, den Roundpen überhaupt zu betreten. Erst mit Chris' Hilfe hatte Polly ihr Pony an einer kleinen Pfütze vorbei in die Trainingsbahn führen können.

„Oben oder unten?“

Polly schreckte aus ihren Gedanken hoch und sah Lolli an.

„Willst du oben oder unten schlafen?“, wiederholte die und zeigte auf die Stockbetten.

„Egal.“

„Hey, cool, dann kann ich nach oben!“ Lolli warf ihren Schlafsack und zwei Wolldecken auf das obere Bett – ihre Mutter hatte auf den Decken bestanden, da sie wegen ihrer Halsschmerzen auf keinen Fall frieren sollte. Polly legte ihr Ponykuschelkissen und ihre Bettdecke auf das untere Bett neben Emma. Sie gingen in dem winzigen Bad nebenan Zähne putzen und zogen ihre Schlafanzüge an.

„Glaubt ihr, es wird wieder spuken?“, fragte Emma leise, als sie unter der Bettdecke lag. Sie ließ ihren Blick durch das Tipi schweifen, als könnte ein Geist unter dem Tisch oder hinter den Gardinen lauern.

„Mmh, vielleicht“, meinte Lolli von oben.

„Wäre ja blöd, wenn nicht“, sagte Polly und als Emma sie entsetzt anschaute, erklärte sie: „Deswegen sind wir doch hier.“

Die drei Mädchen lauschten. Aus dem Nachbartipi, dem Bau des Kojoten, in dem die Jungs wohnten, hörten sie Stimmen und Lachen. Draußen rauschte der Herbstwind in den Bäumen. Ein sanftes Klopfen auf dem Dach zeigte Polly, dass es zu regnen begonnen hatte. Aber im Tipi war es einfach nur gemütlich! Polly träumte von Smoky …

„Habt ihr das gehört?“, fragte Emma in die Stille hinein. Polly schreckte hoch. Ihr Herz klopfte. Musste Emma sie so erschrecken?

Lolli ließ den Kopf vom Hochbett herunter zu den beiden anderen hängen. „Äh, was denn?“

Die Mädchen lauschten.

„Weiß nicht“, flüsterte Emma schließlich. „Vielleicht war da gar nichts.“

„Ich hab nichts gehört“, sagte Polly laut. „Es gibt ja auch keine Gespenster, jedenfalls keine echten.“ Aber irgendwie griff Emmas Aufregung langsam auch auf sie über.

Ein paar Minuten blieb alles still. Dann klapperte es plötzlich und Emma stieß einen Schrei aus. Sie blickte Polly mit großen Augen an. Aber Lolli kletterte vom Hochbett hinunter, ging zur Tür und legte eine Hand auf die Klinke.

„Lolli, nicht!“, wimmerte Emma, aber Lolli zögerte kein bisschen. Sie öffnete die Tür und ein kalter Windhauch fegte ins Zimmer. Das Prasseln des Regens wurde lauter. Sonst war draußen nichts als die samtige schwarze Nacht. Lolli schloss die Tür wieder und rüttelte an der Klinke. Es klapperte wie eben.

„Haha, das war dein Geist, Emma: die Tür!“, sagte sie.

Auch Polly war erleichtert. „Ich hab eine Idee“, sagte sie, ging ebenfalls zur Tür, öffnete sie und legte einen kleinen Metallschieber am Schloss um. „Jetzt kann man von außen nicht mehr öffnen. Und uns kann kein Geist besuchen. Es klappert auch nicht mehr so im Wind.“

„Ich glaube, jetzt kann ich schlafen. Gute Nacht!“, sagte Emma zufrieden.

„Gute Nacht, Lolli und Emma.“

„Mmh, gute Nacht.“

Polly schmiegte sich an ihr selbst genähtes Ponykissen. Es war nicht ganz so weich wie Smoky und roch auch nicht so gut, aber trotzdem konnte sie damit überall einschlafen. Schon fielen ihr die Augen zu. Sie gähnte, lauschte auf das Rauschen des Windes und schlummerte auch schon ein.

Mit einem Schlag war Polly wieder hellwach. Es war, als

wäre keine Minute vergangen, aber die Leuchtzeiger ihres Weckers standen schon nahe der 12. Polly fragte sich noch, was sie geweckt hatte, da sah sie Emma aufrecht im Bett sitzen. Ihre Augen waren so weit aufgerissen, dass das Weiße im Dunkeln leuchtete.

„Emma, was ist?“, fragte Polly. Das Mädchen legte einen Finger auf die Lippen und hielt eine Hand lauschend hinter das Ohr. Jetzt hörte Polly es auch. Draußen war ein leises Stöhnen und Wimmern zu hören. Es klang so ähnlich wie Hobbit, wenn er von Futterbergen oder Kaninchenjagden träumte, aber der schlief ganz sicher im Haus. Dann war es wieder still.

„Da, es spukt!“, hauchte Emma. Sie deutete zum Fenster. Ein rotes Licht tanzte draußen herum, es schien hinter den Gardinen von links nach rechts und von oben nach unten zu schweben. Dann erlosch es.

Dafür setzte das Wimmern wieder ein, lauter dieses Mal, aber nur ganz kurz, sodass Polly nicht sicher war, ob sie es sich vor lauter Aufregung nicht eingebildet hatte.

„Keine Panik, Gespenster gibt es nicht“, sagte sie zu Emma – und ein bisschen zu sich selbst. Sie stand auf und rüttelte ihre beste Freundin. „Lolli, wach auf, es geht los.“

„Hä? Was geht los?“

„Der Spuk, also der unechte.“ Polly schlüpfte in ihre Turnschuhe und zog eine Fleecejacke über ihr Nachthemd. „Kommt“, sagte sie zu den anderen beiden. „Wenn uns wirklich jemand ärgern will, finden wir es heraus.“

Lolli gähnte, kletterte aber bereitwillig aus dem Etagenbett. Sie brauchte minutenlang, um sich in Kapuzenpulli, Jogginghose, Mütze und Winterstiefel zu verpacken.

„Beeil dich, sonst ist der Geist wieder weg“, drängelte Polly.

„Meine Mutter bringt mich um, wenn ich mich noch schlimmer erkälte“, sagte Lolli zur Erklärung.

Endlich gingen die drei nach draußen und blieben unsicher vor der Tür des Tipis stehen. Der Regen hatte aufgehört. Wind riss an ihren Haaren und Pollys Beine bekamen sofort eine Gänsehaut. Egal, sie wollte hier ja nicht übernachten, sondern Gespenster jagen.

„Leise. Wir warten auf den nächsten Spuk“, raunte sie ihren Freundinnen zu.

Es dauerte nicht lange, da hörten sie das Wimmern wieder. „Es kommt vom Eulenbaum“, sagte Polly. Sie nahm Lolli und Emma an den Händen und zog sie zu einer mächtigen, alten Eiche vor dem Tipi. Auf halber Höhe befand sich ein Loch im Stamm und Tara behauptete steif und fest, dass darin Eulen lebten. Polly hatte noch nie welche gesehen oder gehört und auch jetzt war am Eulenbaum alles still. Erst nach ein paar Minuten hörten sie das Stöhnen wieder.

„Sucht doch mal, hier muss irgendwo was sein!", sagte Polly und ging um den Baum herum. Lolli durchwühlte die feuchten Blätter am Boden. Polly betastete den Stamm. Sehen konnten sie in der Dunkelheit kaum etwas

und an Taschenlampen hatten sie nicht gedacht. Nur die Lampen, die die ganze Nacht am Stall und auf dem Hof brannten, schickten ein flackerndes Licht zu ihnen.

„Da!“, schrie Emma plötzlich. Sie hatte sich umgedreht und starrte zum Tipi zurück. Polly sah sofort, was sie meinte: ein gruseliges rotes Glühen! Es schimmerte an der Seite der Sonnenhöhle, ungefähr dort, wo sie es vorhin durch das Fenster gesehen hatten. Polly, Lolli und Emma tappten langsam und vorsichtig um das Tipi herum. Doch als sie am Fenster ankamen, war alles dunkel. Das rote Leuchten war verschwunden.

„Das kann doch nicht sein“, meinte Polly.

„Nee, echt nicht“, fand auch Lolli. „Kommt, wir gehen noch mal ums Tipi herum. Vielleicht finden wir das rote Licht ja doch noch.“

„Sollen wir nicht lieber wieder reingehen?“, fragte Emma zitternd. „Es ist viel zu dunkel und vielleicht gibt es ja doch echte Gespenster ...“

„Quatsch“, sagte Polly fest. „Es gibt hier höchstens einen echten Julius. Und das würde ich gerne genauer wissen.“ Sie zog die Freundinnen mit sich, auch wenn sie selbst vor Aufregung und Kälte bibberte.

Als sie auf der anderen Seite des Tipis angelangt waren, entspannte Polly sich langsam.

„Hier ist alles ganz normal, vielleicht haben wir uns das auch nur eingebildet?“

Doch gerade als Emma und Lolli sich beruhigt hatten, klapperte es laut auf dem Dach des Tipis.

Emma schrie auf und rannte los. Polly und Lolli japsten ebenfalls erschrocken nach Luft und rasten hinterher. In wenigen Sekunden standen die drei dicht aneinandergedrängt unter dem Vordach des Tipis. Polly musste über ihre eigene Schreckhaftigkeit lachen. Auch Lolli kicherte.

„Könnt ihr das mal sein lassen?“, zischte Emma genervt. „Wir haben hier echt Probleme.“

„Den Spuk?“, japste Polly zwischen zwei Lachern. „Ach, komm, Emma. Wir haben rein gar nichts gefunden. Und das Klappern eben war nichts weiter als ein loses Stück Dachpappe oder ein Ast oder so. Wenn uns da jemand Angst einjagen will, macht er es nicht besonders gut.“

„Ja, echt.“ Lolli wischte sich die Lachtränen aus den Augen. „Wir gehen jetzt gemütlich ins Bett. Probleme kriegen wir höchstens morgen, weil wir hier draußen erfroren sind. Also mach endlich die Tür auf.“

Emma drehte sich zu den anderen beiden um und stemmte die Hände in die Hüften. „Das ist es ja gerade“, sagte sie. „Die Tür ist zu.“

Nun rutschte Polly wirklich das Herz in die Hose. Der Riegel! Sie hatte ihn vorhin selbst umgelegt. Sie drängelte an Emma vorbei und rüttelte an der Türklinke, aber es war zwecklos. Die Tür zur warmen Sonnenhöhle, zu ihren Betten und Kuschelkissen, war fest verschlossen.

„Du hast aber einen Schlüssel, oder, Emma?“, fragte Polly. „Von Mam und Pap?“

Emma schüttelte den Kopf. „Deine Eltern haben gesagt, die Tipis können Tag und Nacht offen bleiben. Niemand von uns hat einen Schlüssel bekommen.“

„Oh-oh“, machte Lolli.

„Mir ist kalt“, sagte Emma.

Auch Polly klapperte inzwischen mächtig mit den Zähnen. Sie fühlte Angst in sich aufsteigen. Wie lange dauerte es, bis man erfroren war?

„Ey, Polly, dann müssen wir eben deine Eltern wecken“, stellte Lolli fest.

Polly sah sie entsetzt an. „Auf keinen Fall! Was meint ihr, was wir für Ärger kriegen, wenn die merken, dass wir nachts draußen herumgelaufen sind?“

„Dann erzählen wir eben von Julius und dem Spuk“, sagte Emma.

„Man darf niemanden einfach verdächtigen, wenn man keine Beweise hat“, wandte Polly ein. Das hatte sie durch Smokys Kolik schmerzhaft gelernt. Polly hatte Wilma im Verdacht gehabt, obwohl Karla schuld gewesen war. Wilma hatte ihre große Schwester wochenlang traurig angesehen, weil sie noch immer an Pollys wütenden Anschnauzer dachte. „Vielleicht glauben sie uns auch gar nicht. Und wenn sie Julius fragen, dann haben wir erst recht verloren. Dann sagt der es seinen Eltern und wir müssen die Ranch verlassen."

Ängstlich starrten sich die Mädchen an. Der Wind rauschte plötzlich wieder stärker und Regen begann vom düsteren Himmel zu fallen.

„Wir können doch nicht draußen schlafen", sagte Emma und ihre Stimme zitterte. „Da gehe ich lieber zu Motte."

Lollis Gesicht leuchtete auf. „Hey, das ist es! Wir schlafen im Stall. Bei den Ponys ist es bestimmt viel wärmer als hier draußen."

„Lolli, das ist genial", sagte Polly und das Herz wurde ihr leichter. „Im Stall ist es warm und ein paar alte Pferdedecken liegen da bestimmt auch noch irgendwo herum. Kommt mit!"

Und so lagen Polly, Lolli und Emma einige Minuten später in der Boxengasse. Sie hatten sich ein Bett aus Heu und Stroh gebaut und stapelweise Pferdecken und alte Handtücher geholt, die Pap und Chris zum Trockenreiben der Ponys benutzten. So hatten sie Zudecken und Kopfkissen und als Musik zum Einschlafen die vertrauten Atemzüge von Smoky, Motte und den anderen Ponys. Das Stroh pikste ein bisschen, aber ansonsten war Polly rundum glücklich und zufrieden.

„Aufwachen!“

Ein Strohhalm kitzelte Polly an der Nase und Lollis Gesicht erschien über ihr.

„Ich habe deinen Vater auf dem Hof gehört. Sollten wir nicht lieber verschwinden, bevor er uns hier findet?“

Verwundert schaute Polly sich um. Sie lag tatsächlich im Pferdestall! Die Erlebnisse der letzten Nacht waren also echt gewesen und kein Traum. Sie schüttelte sich den Schlaf aus dem Kopf und das Stroh aus den Haaren. „Räumt schon mal auf“, sagte sie. „Ich besorge uns den Schlüssel zum Tipi.“

Sie rannte ins Wohnhaus hinüber. Die Hintertür war offen, ihr Vater stand bei der Kaffeemaschine. „Was machst du denn hier? Schläfst du nicht im Tipi?“, fragte er.

„Morgen, Pap!“ Polly umarmte ihren Vater und gab ihm einen dicken Kuss auf die Wange. Dieses Ablenkungsmanöver wirkte immer. „Ich hole nur schnell etwas. Bis später.“

Sie huschte nach oben in ihr Zimmer und griff sich das erstbeste Pferdebuch. Wieder unten schlich sie zum Schlüsselschrank. So vorsichtig und leise sie konnte, nahm sie das Schlüsselbund heraus, an dem *Tipis* stand, und steckte es in die Tasche ihrer Fleecejacke. In der

Küche zeigte sie Pap das Buch, gab ihm noch einen Kuss und ging nach draußen.

Wenige Minuten später lagen Polly, Lolli und Emma wieder in ihren Betten in der Sonnenhöhle.

„Ooh, ist das schön warm!“, sagte Lolli.

„Und es pikst nicht so“, freute sich Polly und rieb die Wange an ihrem Ponykissen. „Also, Leute. Unsere Gespensterjagd war echt für die Katz! Aber die Nacht im Stall war doch so richtig rosarotponytraumhaft.“

Wie schlafen Ponys?

Polly, Lolli und Emma haben im Stall geschlafen. Und die Ponys? Schlafen die eigentlich auch?

Wenig Schlaf

Pferde und Ponys schlafen nicht so viel wie wir Menschen. Während Kinder etwa zehn bis zwölf Stunden pro Tag schlafen und Erwachsene rund sechs bis acht Stunden, bringen es die Vierbeiner gerade mal auf drei bis fünf Stunden Schlummer in 24 Stunden.
Bei Regen und Wind auf der Weide legen sich Pferde nicht gern hin. Daher sind eine geräumige Box oder ein trockener Offenstall ganz wichtig!

Dösen

Du hast es auf der Weide vielleicht schon mal gesehen: Ein Pferd oder Pony hat die Augen halb geschlossen, den Kopf entspannt gesenkt und einen Hinterhuf angehoben. So kann es sich wunderbar ausruhen. Wenn allerdings Gefahr droht, ist es jederzeit hellwach und bereit wegzulaufen.

Schlummern

Manchmal legen sich Pferde auch hin, bleiben dabei aber aufrecht: Die Beine sind untergeschlagen, der Kopf nur leicht auf dem Boden aufgesetzt. Sie schlummern. Diese Art von Ruhe ist schon etwas tiefer als das Dösen im Stehen. Aber die Tiere kommen bei Gefahr trotzdem schnell auf die Beine.

Schlafen

Um richtig tief zu schlafen, legen auch Pferde sich hin. Dann liegen sie auf der Seite, strecken die Beine von sich und legen den Kopf ab. Länger als 30 Minuten am Stück schlafen Pferde allerdings nicht. Außerdem tun sie es nur, wenn sie sich völlig sicher fühlen. Das kann in der Box sein oder auch auf der Koppel, solange ein anderes Pferd Wache hält.

Pollys Tipp

Habt ihr das schon mal ausprobiert: im Stall übernachten, so wie Lolli und ich? Fragt einfach in eurer Reitschule, ob es geht. Baut euch ein Bett aus Strohballen oder im Heu. Breitet Decken aus und legt eure Schlafsäcke und Kissen darauf. Taschenlampe nicht vergessen! Beim Einschlafen die Geräusche der Pferde zu hören, das ist einfach nur traumhaft.

Siebtes Kapitel, in dem Polly vom Mist in den Schlamm purzelt

Beim Frühstück griffen Polly und Lolli beherzt zu. Polly schaufelte eine riesige Schüssel Müsli in sich hinein und Lolli aß vier Brötchenhälften mit Schokocreme, Honig und Marmelade. Gleichzeitig. Die Abenteuer der Nacht hatten die beiden hungrig gemacht. Immer wenn sie sich ansahen, mussten sie kichern.

„Ausgesperrt", flüsterte Polly, „und im Stall geschlafen ... Wie cool!"

„Mmh, und Gespensterjäger gespielt", meinte Lolli. „Also, der Spuk kommt bestimmt nicht wieder."

Emma, die ziemlich still war, schaute auf. „Wieso?"

„Na, weil wir da waren." Lolli leckte sich Honig von den Fingern. „Wer auch immer das Gespenst war, der oder die weiß jetzt, dass wir Wache halten."

„Glaubst du das auch?", fragte Emma Polly.

Die nickte entschlossen. Sie war inzwischen nicht mal mehr sicher, ob sie sich nicht doch alles eingebildet hatten. Und wenn nicht, hatte ihre nächtliche Jagd den angeblichen Geist bestimmt vertrieben. Inzwischen war ihm Polly sogar dankbar. „Ohne Gespenst hätten wir ja nie im Stall geschlafen“, flüsterte sie Lolli zu und die beiden mussten schon wieder grinsen.

Emma wandte sich ab und schob ihre Cornflakes durch die Milch.

Anni stand plötzlich vor ihnen. Stumm griff sie nach der Cornflakes-Schachtel und ging zurück zu ihrem Platz.

„Hättest auch was sagen können, ich hätte dir die Flakes schon gegeben“, meinte Polly gut gelaunt.

Anni sagte nichts. Sie setzte sich wieder auf ihren Platz, schüttete die Cornflakes aus der Plastiktüte in ein Schälchen und sagte laut: „Zuhause kaufen wir nur Bio-Ware in Papiertüten. Mein Vater röstet eigene Maisflocken, die sind total lecker.“

„Echt, das geht?“, fragte Helena.

„Kann ich bitte mal den Tee haben?“, bat Emma in diesem Moment Silva. Ohne aufzublicken, schob die die Kanne einen Hauch näher an Emma heran. Emma sah betreten auf die Tischplatte.

„He, geht’s noch?“, fragte Lolli. Sie schob geräuschvoll ihren Stuhl zurück, angelte nach der Teekanne und stellte sie vor Emmas Nase.

Polly runzelte die Stirn. Ganz offensichtlich hatten sich die anderen gründlich gegen Emma und sie verschworen. Julius nickte Anni und Silva anerkennend zu, dann blickte er zu Polly hinüber und lächelte triumphierend.

Emma rührte immer noch die Cornflakes um, ohne zu essen.

„Los, Emma, hau rein, sonst ess ich dir gleich dein Müsli weg, so einen Hunger hab ich." Lolli knuffte das Mädchen aufmunternd in die Seite.

„Genau, wir brauchen Power für die Reitstunde!", meinte Polly, aber sie spürte selbst, dass sie ein wenig lahm klang. Emma sah so traurig aus! Irgendwie nahm die sich das unfreundliche Verhalten der anderen viel mehr zu Herzen als Polly. „Kommt, lasst uns zu Smoky und Motte gehen", schlug sie vor. „Lolli kann Django versorgen, das hat Chris gestern versprochen."

Kurze Zeit später liefen Polly, Emma und Lolli über den Hof. Emma ging schnell und sagte kein Wort. Lolli dagegen hüpfte übermütig über die vielen Pfützen, die der nächtliche Regen hinterlassen hatte. Polly lief den beiden rasch hinterher. Sie war ziemlich nervös. Eben war nämlich ihr Vater im Saloon aufgetaucht, während Julius, Ole und Finn – der heutige Tischdienst – gerade das Frühstücksgeschirr wegräumten. Herr Winnfeld hatte Polly gebeten, an diesem Nachmittag mit Smoky einige Bodenarbeit-Übungen vorzuführen. Nach dem ganzen Streit sollte sie etwas vor den Feriengästen vorführen? Was, wenn alle sie auslachten? Sie fühlte die Aufregung wie ein Feuerwerk im Magen. Und wenn sie genauer darüber nachdachte, hatten sie und Smoky in letzter Zeit viel zu selten Bodenarbeit geübt. Wann immer Zeit war, machten sie lieber einen gemächlichen Ausritt in die Prärie. Und seit die Feriengäste da waren, hatte Polly einfach keine ruhige Minute mehr gehabt.

Jetzt betrat Polly Smokys Box und bekam sofort ein schlechtes Gewissen. Ihr Pony stand in der letzten sauberen Ecke, als wollte es möglichst wenig mit dem schmutzigen Stroh in Berührung kommen, das auf dem Boden lag. Als die Stute Polly sah, wieherte sie. Es klang vorwurfsvoll.

„Hast recht, Süße", gab Polly zu. „Ich muss hier dringend sauber machen." Sie band Smoky auf dem Hof an, um nur kurz die stinkigsten Mistbrocken aus der Box zu entfernen. Während sie Mistgabel und Schubkarre holte, grübelte sie. Ja, gestern hatte sie wirklich vergessen, Smokys Box zu reinigen. Dafür war sie viel zu sehr mit Lolli und den Ferienkindern beschäftigt gewesen. Das rächte sich jetzt, denn sie musste mindestens sechsmal zum Misthaufen fahren und vier Eimer Wasser holen, um den Boden und die Tränke zu reinigen. Während Polly ausmistete, kamen Emma, Julius, Finn und die anderen Ferienkinder in den Stall. Chris und Pap halfen ihnen, die Ponys zu putzen und zu satteln.

„Hey, dein Vater sagt, dass wir in die Prärie dürfen", rief Lolli ihr zu, als sie Django aus dem Stall führte. Emma ging mit Motte hinter ihr und winkte Polly. „Willst du nicht mit?"

„Ich ... komm ... so ... schnell ... ich ... kann", ächzte Polly zwischen Mistgabeln voller nassem Stroh.

Doch als sie endlich fertig war, herrschte auf der Ranch gähnende Leere. Die anderen waren ohne sie aufgebrochen.

Bevor Polly neues Stroh in der blitzsauberen Box verteilen konnte, musste alles trocknen. Sie ging auf den

Hof, lehnte sich an ihr Pony und schlang die Arme um seinen Hals. „Ich bin so müde", flüsterte sie. „Du auch?" Zärtlich kraulte sie das Pony. Es senkte den Kopf, schloss halb die Augen und hob einen Hinterhuf. Auch Polly sanken die Lider herunter. Nach der aufregenden Nacht war sie doch etwas müde. Wie gut, dass sie jetzt nicht durch die Prärie reiten musste! Sie sollte die Zeit lieber nutzen, um mit Smoky für den Nachmittag zu üben.

Polly riss sich los und holte das Putzzeug. Sie striegelte und bürstete, was das Zeug hielt. Smoky hielt weiterhin die Augen halb geschlossen und schien zu dösen. Sie liebte es einfach, sich massieren zu lassen.

„Deine Beine bekomme ich mit dem Striegel aber nicht sauber", erklärte Polly ihrem Pony. „Alles voller Mist, bäh. Du bekommst eine kleine Dusche. Wir haben ja jetzt Zeit!" Sie holte den Wasserschlauch, richtete ihn auf den Boden und drehte am Ventil. Ein scharfer Strahl schoss hervor und spritzte zu allen Seiten. Dicke, schlammige Spritzer trafen Polly und Smoky.

Smoky warf den Kopf zurück und sprang zur Seite. Sie schnaubte entsetzt und rollte mit den Augen.

„Na, jetzt bist du wach, oder?!" Polly drehte an der Düse, bis sich der Wasserstrahl weicher anfühlte. Dann richtete sie den Schlauch auf Smokys Vorderbeine.

Smoky machte einen Bocksprung, als hätte sie einen Frosch verschluckt. Sie wich rückwärts aus, so weit es der Strick erlaubte, und verdrehte die Augen. Dabei trampelte sie mitten durch die Regenpfützen. Schlamm spritzte auf. Sofort waren Smoky und Polly von oben bis unten pitschnass und nicht gerade sauberer. Smoky bäumte sich auf, der Panikhaken löste sich und das Pony trabte zum anderen Ende des Hofes. Polly ließ vor Schreck alles fallen und bekam noch eine kalte Dusche, weil sich der Schlauch wand und drehte wie eine Schlange.

„Oh, Smoky", stöhnte sie, tropfnass und zitternd. „Was ist denn heute mit dir los?"

Bis Polly ihr Pony eingefangen und mit einem alten Handtuch, Striegel und Kardätsche trocken und sauber bekommen hatte, den Wasserschlauch aufgeräumt, ihr Putzzeug abgetrocknet, die Box mit Stroh ausgelegt und sich selbst saubere Kleidung angezogen hatte, war es fast Mittag. Sofort spannte Mam sie ein, sie sollte mit Tom und Tara das Essen in den Saloon bringen. Für die Bodenarbeit blieb wieder keine Zeit mehr. Nach einem schnellen Essen mussten Polly, Tom und Tara die Küche aufräumen.

„Sklavenarbeit", murmelte Tom und Polly wusste genau, was er meinte.

Am Nachmittag versammelten sich Pap und Chris, die Ferienkinder, Tara, Wilma und Lolli am Roundpen. Auch Polly und Smoky standen bereit. Polly war schrecklich nervös. Dabei war sie fest entschlossen, dass jetzt alles klappen musste. Zum einen schuldete sie es ihrem Vater, der den Ferienkindern gerade mit blitzenden Augen und glühenden Wangen von Natural Horsemanship, dem natürlichen Umgang mit Pferden, erzählte. Zum anderen schuldete sie es sich selbst. Sie wollte sich vor Julius und den anderen auf keinen Fall blamieren!

Viel zu schnell hatte Pap seine Ansprache beendet und winkte Polly zu sich. Jetzt kam es darauf an.

„Okay, zuerst führe ich Smoky“, kündigte Polly an. Sie hob einen Finger, um Smokys Aufmerksamkeit zu erlangen, und ging los. Smoky trottete neben ihr her über den schlammigen, vom Regen aufgeweichten Boden. Sie hob die Hufe langsam und schien jeden Schritt genau zu prüfen. Plötzlich machte sie einen riesigen Schlenker um eine kleine Pfütze herum. Polly wurde fast der Arm abgerissen, als das Pony am Strick zerrte. Die Kinder kicherten.

„Die kann noch nicht mal führen“, raunte Julius Ole zu.

Ärger stieg in Polly hoch, aber sie ließ sich nichts anmerken. Sie führte Smoky einmal um den Roundpen

und es ging immer besser. „Wir können auch problemlos anhalten“, sagte sie laut. Sie hob die Hand, sagte „Smoky, steh“, wurde langsamer und stoppte.

Smoky aber trottete weiter, den Kopf gesenkt und die Augen halb geschlossen. Der Strick glitt Polly aus den Händen. Rasch sprang sie hinterher, um ihn aufzunehmen. Sie schüttelte den Strick kurz, damit Smoky aufwachte. Das klappte auch und beim zweiten Versuch hielt Smoky auf Kommando. Hoffentlich hatte keiner etwas bemerkt!

Nachdem Polly den Feriengästen noch zweimal das Führen und Anhalten gezeigt hatte – jetzt passte Smoky freundlicherweise auf –, löste sie den Strick vom Halfter.

„Das alles geht sogar ganz ohne Führstrick“, erklärte sie. Sie zitterte vor Aufregung, doch Smoky machte mit: führen und anhalten, allein über das Kommando von Hand und Stimme.

„Kannst du uns das Rückwärtsrichten zeigen, Pollygirl?“, fragte Chris. Sie stand mit Pap am Gatter des Roundpen und kaute, umgeben von einer Wolke Ingwer-Limetten-Bananen-Duft.

Polly nickte angespannt. Sie stellte sich in einiger Entfernung von Smoky auf, hob den Zeigefinger und wackelte mit der Hand. Dann ging sie zwei Schritte auf Smoky zu. Jetzt sollte das Pony eigentlich vor ihr ausweichen und rückwärts gehen. Sekundenlang starrte es sie nur an und bewegte sich nicht vom Fleck. Irgendwo am Rand des Roundpen hörte Polly jemanden tuscheln. Sie hob noch einmal mahnend den Zeigefinger. Smoky schnaubte und es klang, als würde sie abgrundtief seufzen. Dann machte sie einen langsamen Schritt zurück. Lolli klatschte in die Hände.

„Seht ihr?“, fragte Herr Winnfeld laut in die Runde. „Polly und Smoky sind eine Herde, mit Polly als Leittier. Sie haben eine unsichtbare Verbindung. So eine Freundschaft bekommt man natürlich nicht zu einem Pferd, wenn man einmal die Woche zur Reitstunde geht, das ist mir klar. Ich weiß auch, dass viele von euch in den Reitvereinen keine Lehrer haben, die sich mit Natural Horsemanship auskennen. Aber wenn ihr ein Pflegepferd, eine Reitbeteiligung oder sogar ein eigenes Pony habt und zusammen solche Übungen machen könnt, dann ist das einfach genial."

Pap und Chris flüsterten miteinander. Chris verließ den Roundpen und kam kurz darauf mit einem Brett und einer Stange zurück. Sie legte das Brett auf die Stange, sodass eine Art Wippe entstand. Über das wackelnde Brett zu laufen, war für Ponys ziemlich beängstigend und daher keine leichte Übung. Vor ein paar Wochen hatten Polly und Smoky das noch gut hinbekommen. Aber sie hatten eine Weile dafür üben müssen und Polly konnte sich nicht erinnern, wann sie es zuletzt versucht hatten.

Polly wuschelte sich nervös durch die Locken. Vorsichtig führte sie ihr Pony an das Wackelbrett heran und machte einen Schritt darauf. Smoky drehte den Kopf weg und stemmte die Hufe in den Boden.

„Kein Problem, Süße, ich helfe dir", raunte Polly. Sie führte ihr Pony vom Wackelbrett weg und in einem großen Bogen um den Roundpen. Wieder machte Smoky unterwegs diesen überraschenden Schlenker um die Pfütze. Polly war dieses Mal entschlossen, sich nicht abhängen zu lassen und blieb an Smokys Seite. Dabei tapste sie mitten in die Pfütze hinein. Regenwasser spritzte auf ihre Reitstiefel. Smoky schlug nervös mit dem Schweif. Polly war sicher, dass sie aus der Richtung von Julius schon wieder Getuschel hörte.

Dann erreichten Polly und Smoky erneut das Wackelbrett. Polly trat darauf, aber Smoky blieb stocksteif stehen.

„Ihr seht", sagte Pap mit einem Schmunzeln, „dass das Training ein dauernder Prozess ist. Man muss immer dranbleiben. Üben, üben, üben. Versuch's noch einmal, Polly."

„Lass mich jetzt nicht im Stich", flehte die ihr Pony an. Erneut umrundeten sie den Roundpen. Diesmal drängte Smoky sie so zur Seite, dass sie die Pfütze weit verfehlten. Als sie an Julius vorbeikamen, sagte der leise: „Schon klar, ihr seid eine Herde. Mit Smoky als Leittier und dir als Esel."

Polly funkelte ihn an. Dem würde sie es zeigen! Sie trat entschlossen auf das Wackelbrett und zog Smoky am Strick hinter sich her. Das Pony folgte ihr zögerlich.

Als sie die Mitte des Bretts erreichten, sorgte ihr Gewicht dafür, dass das Brett kippte und auf der anderen Seite auf dem regennassen, aufgeweichten Boden aufsetzte. Schlamm spritzte hoch. Smoky sprang vom Wackelbrett und rannte fast Chris um. Polly verlor das Gleichgewicht und landete mitten in der Schlammpfütze.

Julius und die anderen lachten laut. Mit schamrotem Gesicht sah Polly auf. Tränen schossen ihr in die Augen. Smoky stand bockbeinig neben Chris, die sie beruhigend streichelte. Sogar ihr Vater, Emma und Lolli konnten sich das Lachen nicht verkneifen.

Das war kein rosaroter Ponytraum mehr, sondern ein schlammbrauner Albtraum.

Fellfarben und Fellpflege

Polly liebt Smokys rauchschwarzes Fell. Mehr über das Fell deiner Lieblingstiere erfährst du hier.

Fellfarben

Rappen wie Smoky und Schimmel kennst du sicher, aber kannst du auch alle anderen Fellfarben zuordnen?

Rappe	schwarz
Falbe	hellbraun bis hellgrau, mit dunklem Langhaar
Brauner	braun
Palomino	gelblich, mit hellem Langhaar
Schimmel	weiß
Apfelschimmel	grau mit runden weißen Flecken
Fuchs	rötlich
Dunkelfuchs, Lichtfuchs	rötlich, aber dunkler oder heller als Fuchs

Abzeichen

Hat ein Pferd eine andersfarbige Stelle im Fell (oft ist sie weiß), nennt man das ein Abzeichen. Am Kopf gibt es besonders viele verschiedene Formen:

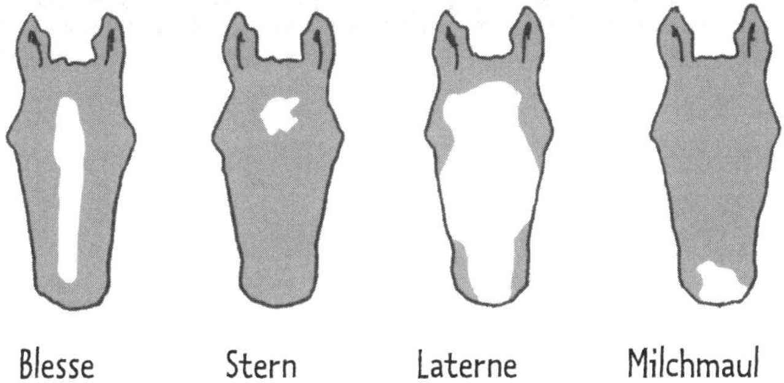

Kleinere Flecken heißen Flocke, Flämmchen oder Blume.
Andere Abzeichen an den Beinen sind:

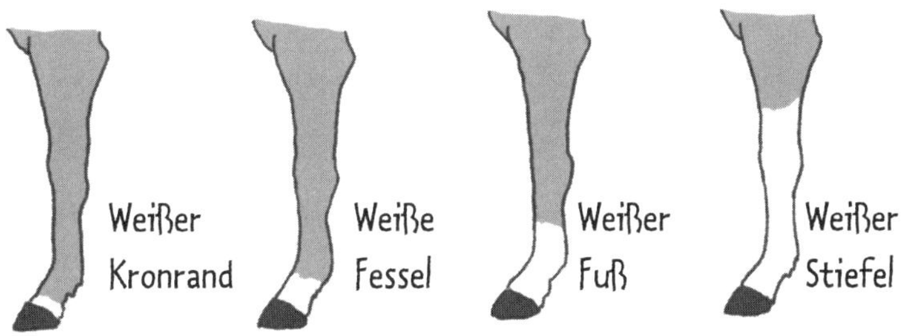

Pollys Tipp

Damit Smoky immer schön aussieht, putze ich sie täglich. Ab und zu gebe ich ein paar Tropfen Babyöl auf einen Waschlappen und massiere sie damit am ganzen Körper. Wenn ich die Mähne kämme, kommt etwas Babyöl auf den Kamm, und beim Schweifverlesen öle ich meine Hände ein. Danach glänzt Smoky wie ein Edelstein!

Achtes Kapitel,
in dem Smoky ein Geheimnis offenbart

Der Schlamm in Pollys Reitstiefeln quietschte bei jedem Schritt, als sie mit Smoky zur Weide ging. Ihre Wangen brannten. Alle hatten sie ausgelacht, alle! Sie hatte das Gefühl, dass sogar Smoky Abstand von ihr hielt. Polly öffnete das Weidegatter und zog ihrem Pony das Halfter vom Kopf. Doch anstatt wie sonst bei seiner Besitzerin zu bleiben und sich ein wenig kraulen zu lassen, trottete es sofort davon und begann zu grasen.

RUMS! Jemand rannte von hinten gegen Polly, ungefähr auf Pohöhe, und drückte sie so fest, dass ihr die Luft wegblieb.

„Wilma“, stöhnte Polly und drehte sich um. „Hör auf, das tut weh.“

Wilma hob ihr Gesicht, das jetzt so schlammig war wie Pollys Hosenboden. Ihre schmalen Augen glitzerten fröhlich. „Polly hat Mist gebaut!“

„Hab ich gar nicht, ich bin bloß hingefallen“, widersprach Polly, aber sie musste trotzdem lächeln.

„Wilma! Wo bist du, mein Mädchen?“ Elisabeth II. kam vom Wohnhaus herübergeeilt. „Du sollst doch nicht weglaufen. Oh weh, wie siehst du denn aus?“ Entsetzt betrachtete Pollys Oma Wilmas schlammiges Gesicht und die braunen Flecken auf ihrem T-Shirt und ihrer Hose. Dann wanderte ihr Blick zu Polly. „Und warum siehst du genauso aus wie Wilma?“

„Bin hingefallen“, brummelte Polly. Eigentlich hatte sie keine Lust, irgendjemandem von ihrem peinlichen Erlebnis zu erzählen. Aber Elisabeth II. wartete lächelnd und plötzlich sprudelte es doch aus Polly heraus.

„Aha“, sagte Elisabeth II. schließlich. „Ich weiß, mein Mädchen, das tut weh. Aber glaub mir, es ist völlig normal. Du wirst niemals durchs Leben kommen, ohne hinzufallen! Alles, was du tun kannst, ist wieder aufzustehen, deine Haare zu richten und dir den Dreck vom Allerwertesten zu klopfen. Und genau das werden wir jetzt tun.“

„Aufstehen?“, fragte Polly.

„Nein, deine Haare richten und dich vom Dreck befreien.“ Elisabeth II. warf einen verzweifelten Blick auf Pollys zerzauste, schlammbespritzte Locken. „Wir machen euch ganz schnell wieder hübsch fein, Mädchen. Los, los!“ Sie nahm Wilma an der Hand und ging zurück zum Haus. Dabei setzte sie ihre goldenen Ballerinas vorsichtig auf und vollführte einen wahren Slalom, um jeder Pfütze auszuweichen.

„Oma ist bisschen wasserscheu“, stellte Wilma fest.

Für den Rest des Abends blieb Polly zuhause. Sie hatte keine Lust auf das hämische Grinsen von Julius, die Ablehnung der anderen Ferienkinder und das Gelächter von Lolli und Emma. Lieber ging sie früh ins Bett und schlief wie ein Stein.

Als Polly erwachte, strahlte die Sonne und die vielen Pfützen auf der Ranch waren verschwunden. Noch vor dem Frühstück im Saloon entschuldigten sich Emma und Lolli bei Polly, weil sie sie ausgelacht hatten.

„Hey, aber echt“, meinte Lolli und steckte sich ein Stück Schokolade in den Mund, „du hast aber auch wirklich lustig ausgesehen.“

„Sowas von!“ Emma gluckste. „Sogar Motte hat gelacht, als ich ihm davon erzählt habe. Und in der Nacht habe ich davon geträumt.“

„Hat es eigentlich gespukt?“, fragte Polly. Ein bisschen wünschte sie sich, Emma würde mit *ja* antworten. Sie war noch nicht ganz sicher, ob sie bereit war, Emma und Lolli zu vergeben.

„Nein, alles ruhig“, erzählte Emma glücklich. „Vielleicht war ja doch alles nur eingebildet."

„Oder wir Gespensterjäger haben den Geist vertrieben", warf Lolli ein.

Polly konnte nicht anders, sie musste einfach wieder glücklich sein. Sie griff sich gleich zwei Brötchen und zog die Marmelade zu sich heran. Irgendwie hatte sie plötzlich einen Riesenhunger.

Am Vormittag ritten Polly, Lolli, Emma, Silva, Helena, Finn und Julius mit Chris ins Gelände. Zu Anfang hatte Polly ein bisschen Sorge, dass Smoky wieder träge oder bockig sein würde. Doch sie lief im Sonnenschein ganz brav hinter Motte her.

Chris ließ die Kinder heute nicht galoppieren, dafür ritten sie länger in die Prärie. „Das ist unser Training für morgen", sagte sie und schob ihr Kaugummi von einer Wange in die andere. „Ein langer, gemütlicher Wanderritt. Schaut mal, was eure Rückseiten dazu sagen."

Nach zwei Stunden wusste Polly, was Chris meinte. Ihr Hinterteil schmerzte höllisch, als sie in einem Waldstück am Pony River von Smokys Rücken glitt. Auch Lolli stöhnte und sogar Julius bewegte sich merkwürdig steif. Nur Emma schien der lange Ritt nichts auszumachen.

„Ich bin oft länger unterwegs", erzählte sie Polly und

Lolli. „Außerdem ist mir heute sowieso alles egal. Es spukt nicht mehr und ich bin mit Mottilein zusammen. Mich kann nichts, nichts, gar nichts stören!“

„Puh, mich schon“, meinte Lolli. „Tut das weh! Und ich habe noch nicht mal Schokolade dabei.“

Polly sah sich um. Silva, Helena, Finn und Julius standen etwas abseits und flüsterten miteinander. Ab und zu warfen sie heimliche Blicke zu Emma, Polly und Lolli hinüber. Wann hörte das denn endlich mal auf? Polly hoffte innig, dass Emma das nicht mitbekam. Ihre Stimmung sollte nicht schon wieder so trübe werden wie vorgestern.

Für den Rückweg wählte Chris einen schmalen Pfad am Ufer des Pony River entlang. Nach einer Weile mündete der Pfad in einen Feldweg, der an der Hufeisen-Ranch endete. Sie standen direkt an der Holzbrücke über den Pony River, die zu der Wiese mit den Tipis führte.

„Ach, hier sind wir", sagte Lolli, als sie die Umgebung erkannte. „Echt cool, dass wir nicht denselben Weg genommen haben wie immer."

Chris hatte das gehört. „Immer gleiche Wege sind für Reiter und Pferde langweilig", sagte sie und ließ eine Kaugummiblase platzen. „Nur wer sein Pony auch in unbekanntem Gelände im Griff hat, ist ein guter Reiter."

Polly war stolz auf sich. Sie hatte heute keine Probleme mit Smoky gehabt, also war sie wohl eine gute Reiterin. Nach dem gestrigen Tag konnte sie so ein Lob richtig gut brauchen.

„Super gemacht, meine Süße", flüsterte sie und kraulte ihrem Pony den Mähnenkamm.

„Abteilung halt!" Chris, die vorne ritt, hob eine Hand. Die Ponys hielten hinter ihr und ihrem Wallach Rocky brav an. Chris drehte sich im Sattel um. „Schafft ihr noch eine letzte Herausforderung?", fragte sie.

„Locker", meinte Finn.

„Was ist es denn?", fragte Helena.

Polly und Lolli nickten, die anderen schauten Chris gespannt an.

„Dann lassen wir die Brücke Brücke sein und reiten durch den Pony River. Keine Sorge, er ist nicht tief. Mir nach.“ Mit einer sanften Hilfe lenkte Chris Rocky vom Weg hinab zum Ufer.

Lolli und Django folgten ihr. Polly gab Smoky eine Hilfe und die setzte sich langsam in Bewegung. Vorsichtig ertastete sie sich einen Weg hinab zum Bach. Doch als ihre Vorderhufe das Ufer erreichten, blieb sie stehen.

„Smoky“, flüsterte Polly beschwörend. „Nicht jetzt! Sei doch brav, meine Süße.“ Sie presste ihre Unterschenkel an den Ponyleib, aber Smoky bewegte sich keinen Millimeter.

Emma und Motte überholten Polly. „Na, komm, Smoky, geh Mottilein einfach hinterher, komm schon!“, lockte Emma, aber es half nichts.

Nun ritten auch Silva auf Cookie und Helena auf Feechen an Polly vorbei. Helena warf Polly einen kurzen Blick zu, aber Silva starrte geradeaus, als wäre Polly gar nicht da.

„In der Abteilung bleiben! Los, Pollygirl!“, rief Chris vom anderen Ufer. Aber Smoky wich jetzt langsam vom Bachrand zurück.

Nun war Julius auf Ponderosa neben Polly. „Na, Probleme?“, raunte er, dann ritt er schwungvoll in den Bach hinein. Wasser spritzte auf, Smoky schnaufte erschreckt und sprang die Böschung hinauf, nur weg vom Ufer.

Polly gab es auf. Sie lenkte Smoky zur Brücke und schloss sich auf der anderen Seite der Abteilung an. Während sie zum Stall ritten, liefen die letzten Erlebnisse wie ein Film in Pollys Kopf ab. Smoky stocksteif vor dem Pony River. Smoky, die ausflippt, als Polly den Wasserschlauch andreht. Smoky, die sich mühevoll ihren Weg um Pfützen herum sucht. Smoky, die vor Mams Putzwasser erschreckt. Smoky vor dem Wackelbrett im Schlamm.

Als letztes Filmbild, das scheinbar gar nicht zu den anderen passte, sah Polly plötzlich Wilma und Elisabeth II. vor sich. *Oma ist bisschen wasserscheu*, hatte Wilma gesagt.

Und da erschien es Polly plötzlich so klar wie die Sonne an diesem Herbstmorgen: Smoky war weder bockig noch verrückt noch gemein. Smoky mochte einfach kein Wasser!

Berufe für Pferdefans

Eine Reitlehrerin wie Chris, das möchte Polly später auch sein. Oder Tierärztin oder Züchterin oder ... Hauptsache, einen Beruf mit Pferden! Denn wer die Vierbeiner so liebt wie Polly, möchte sie den ganzen Tag um sich haben.

Berufe auf dem Reiterhof

Wer Reitlehrer werden möchte, macht eine dreijährige Ausbildung zum Pferdewirt auf einem Reiterhof oder Gestüt. Pferdewirte können sich auf die Pferdehaltung spezialisieren, auf die Ausbildung von Pferden und Reitern, auf die Pferdezucht und auf Pferderennen.

Pferde heilen und pflegen

Viele Pferdefreunde wollen Tierarzt oder Tierärztin werden. Doch auch andere Menschen kümmern sich um die Gesundheit von Tieren:

Tiermedizinische Fachangestellte arbeiten in der Tierarztpraxis und Tierpfleger auf dem Pferdehof oder im Zoo. Tierheilpraktiker heilen auf die sanfte Art.

Ungewöhnliche Pferdeberufe

Hast du schon einmal berittene Polizisten gesehen? Diese Ordnungshüter reiten bei der Arbeit. Manche Forstarbeiter setzen Pferde im Wald ein, um gefällte Bäume abzutransportieren. Der Sattler fertigt Sattel und Zaumzeug. Spannend klingt auch der Beruf des Hippotherapeuten. Diese Krankengymnasten behandeln kranke Kinder und Erwachsene – mithilfe von Reitstunden!

Pollys Tipp

Es dauert noch ein bisschen, bis ich einen Beruf erlernen werde. Zum Glück! Bis dahin sind Ponys und Pferde einfach nur mein allerallergrößtes Hobby. Deins auch? Ich habe eine tolle Idee, was du jetzt schon mit deinem Pferdewissen machen kannst: Schreib ein Pferdebuch! In ein schönes Notizbuch kannst du zum Beispiel die Bahnfiguren einzeichnen, die unterschiedlichen Fellfarben und Abzeichen malen oder Fachbegriffe rund um das Putzzeug eintragen.

Neuntes Kapitel,
in dem Goldsucher und Banditen die Prärie erobern

Es war, als hätte jemand mitten in Pollys Herz die Heizung angeschaltet. Sie fühlte sich plötzlich so warm und glücklich wie in dem Moment, als sie zum ersten Mal auf Smoky geritten war.

Während die anderen Kinder ihre Ponys auf der Ranch anbanden und abstiegen, legte Polly sich auf den Hals ihres Ponys und umarmte es.

„Endlich verstehe ich dich, meine Allersüßeste“, raunte sie. „Wasserscheu ... Das ist doch nicht schlimm. Dann üben wir eben nicht bei schlechtem Wetter. Dann putze ich dich nur noch trocken. Oh, Smoky!“

Polly war so erleichtert, dass sie ihrem Pony nach dem Ausritt eine extralange Massage mit dem Striegel gönnte und sie ausgiebig bürstete – natürlich ohne Wasser. Smoky ließ alles genießerisch über sich ergehen. Zum Schluss verlas Polly sogar Mähne und Schweif und polierte Smokys rauchschwarzes Fell mit ein wenig Öl. Die Stute sah danach zum Anbeißen aus.

Durch Pollys und Smokys neue Gelassenheit wurde

auch der Nachmittag rosarotponytraumhaft. Bei der Reitstunde in der Halle mochte Smoky zwar immer noch nicht galoppieren, aber irgendwie wirkte sie nach einem erneuten langen Putzen schon etwas frischer als in den letzten Tagen. Da konnten selbst Julius‘ Sticheleien Polly nicht mehr viel anhaben. Solange Chris in der Nähe war, hielt er sich sowieso zurück.

Der nächste Tag graute wolkig und kalt. Enttäuscht blickte Polly am Morgen aus dem Fenster. Der Herbstwind wehte Blätter über die Ranch und Regentropfen klebten an den Fensterscheiben. Dafür war es in der Küche des Ranchhauses umso gemütlicher. Es duftete nach Kaffee und der Ofen war wie immer heimelig warm. Hobbit lag in seinem Korb und starrte mit großen Hundeaugen Richtung Frühstückstisch. Dort saßen Pap und Wilma an der letzten freien Ecke. Sie hatten gerade genug Platz für Müslischälchen und Tassen. Der Rest des Tisches war von mächtigen Brotlaiben, Käsestücken in Strohballen-Größe, fingerdick geschnittenen Gurkenscheiben, Bergen von Äpfeln, Messern und Tüten bedeckt. Mam stand vor dem ganzen Durcheinander und murmelte vor sich hin: „Ein Brot, ein Brötchen, eine Karotte, ein Apfel ... ein Brot, ein Brötchen, eine Karotte, ein Apfel ...“

„Was macht sie da?“, fragte Polly ihren Vater.

„Pssst“, hauchte der. „Mam packt die Lunchpakete für unseren Tagesritt. Stör sie bloß nicht dabei.“

Frau Winnfeld sah auf. „Morgen, Tara“, sagte sie abwesend zu Polly. „Ich packe ... ein Brot, ein Brötchen ... die Lunchpakete für euren Tagesritt ... eine Karotte, ein Apfel. Stör mich nicht.“

„Würde mir nie einfallen“, sagte Polly.

„Mach dir ein Müsli und setz dich zu uns. Freust du dich auf das Reiterspiel?“, fragte ihr Vater. „Keine Sorge, der Himmel wird später noch aufklaren. Heute Mittag reitet ihr durch Sonnenschein.“

„Will auch reiten!“, kiekste Wilma dazwischen.

Ihr Vater strich ihr über den Kopf. „Ich habe heute leider keine Zeit, Wilma“, sagte er. „Aber dafür machst du einen ganz tollen Ausflug mit Mam, Tom, Tara und Oma.“

Wilma stand auf. „Ma-aam!“, rief sie. „Will jetzt los!“

Herr Winnfeld zog sie rasch wieder auf den Stuhl. „Noch nicht“, sagte er mit einem schnellen Blick auf seine Frau, aber die hatte nichts mitbekommen.

„Ein Brot, ein Brötchen, eine Karotte, ein Apfel“, murmelte sie und raschelte mit den Papiertüten. Sie schaute auf die Uhr. „Schon halb neun. Die Ferienkinder müssten längst mit dem Frühstück fertig sein. Und warum sind Polly und Tom noch nicht wach?“

„Ich bin hier, Mam“, sagte Polly, aber Frau Winnfeld beachtete sie nicht. Leise vor sich hin murmelnd verließ sie die Küche.

Herr Winnfeld grinste Polly an. „Mam ist leicht gestresst“, erklärte er, aber Polly hatte ganz andere Sorgen.

„Ist das unser Mittagessen, Pap?“, fragte sie mit einem Kopfnicken zu den Papiertüten auf dem Tisch. „Vollkornbrot, Obst und Gemüse? Das ist ja alles ... total gesund!“

Herr Winnfeld legte einen Finger auf die Lippen. Er stand auf, schlich zum Vorratsschrank und holte eine riesige Tüte Schokoriegel hervor. „Zwei für jeden“, wisperte er. „Das merkt Mam nie.“

Polly verteilte drei Schokoriegel auf jede Tüte – sicher war sicher.

Zum Putzen und Streicheln nahm Polly sich an diesem Morgen wieder viel Zeit. Sie hatte das Gefühl, dass die Stute allein dadurch zufriedener wurde und nicht mehr ganz so träge wirkte. Jedenfalls blickte sie Polly heute interessiert aus ihren dunklen Augen an, anstatt wie sonst zu dösen. Vielleicht lag das aber auch nur an den Leckerlis in Pollys Tasche.

Als sie das Putzzeug wegbrachte und Smokys Reithalfter holte, begegnete sie Emma.

„Guten Morgen“, rief Polly fröhlich. „Ist Motte schon fertig?“

„Nein“, sagte Emma, „das mache ich jetzt.“ Sie klang schon wieder bedrückt.

„Ist was? Haben die anderen dich beim Frühstück geärgert?“, fragte Polly.

Emma zuckte mit den Schultern. „Nicht so richtig“, sagte sie. „Sie reden nur einfach nicht mit mir. Das fühlt sich echt blöd an.“

Polly legte Emma den Arm um die Schultern. „Jetzt bin ich ja da und Lolli kommt auch gleich. Versuch die anderen einfach zu vergessen. Schließlich geht es heute in die Prärie! Und das wird super!“

Wie Herr Winnfeld prophezeit hatte, verdunsteten die Wolken und die Sonne kam hervor, als die Gruppe startklar war. Jedes Kind hatte eine Papiertüte mit Essen und Trinken in der Satteltasche. Lolli – oder besser gesagt Django – trug netterweise auch Pollys Tüte. Pap hatte seinem Isländer Móri den Westernsattel aufgelegt. Finn, Ole und Silva standen bewundernd um die beiden herum.

„Ein echter Hengst!“, schwärmte Silva.

Auch Finn war begeistert. „Lol, Sie sind voll der Cowboy, Herr Winnfeld!“

Gut eine Stunde lenkte Polly ihr Pony hinter Lolli und Emma her. Mitten im Wald gab Pap das Zeichen zum Anhalten. Von einem Stapel gefällter Baumstämme wehte der Duft nach Holz herüber. Auf dem unebenen Waldboden wuchsen Blaubeersträucher.

„Abteilung absteigen!“, rief Herr Winnfeld. „Alle zu mir und Chris! Für den Rest des Tages werdet ihr Goldsucher und Bandidos sein. Jedes Team sucht sich ein Lager. Dort stellt es seine Fahne auf und zwar sichtbar.“ Pap hielt zwei Stäbe hoch. An einem baumelte ein gelbes, an dem anderen ein rotes Tuch. „Ziel ist es, die Fahne der Gegner zu stehlen. Außerdem kann man Gegner fangen, indem man sie berührt und ins eigene Lager bringt. Fahnen und Spieler kann man nur mit Goldnuggets auslösen. Die müsst ihr aber zuerst finden, sie sind hier im Wald versteckt."

„Yo, echtes Gold?", fragte Finn.

„Aber sicher." Pap grinste und hielt etwas hoch, was verdächtig wie ein goldfarben angemalter Tischtennisball aussah. „Jede geklaute Fahne und jeder gefangene Spieler bringt am Ende einen Punkt, genau wie jedes Goldnugget."

„Ganz wichtig ist das Spielfeld", ergänzte Chris. „Kein Goldsucher und kein Bandido darf es verlassen, klar? Es gibt hier nämlich auch sumpfige Flächen." Sie beschrieb den Reitern die Eckpunkte des Spielbereichs und Polly ließ ihren Blick darüberschweifen. Das beschriebene Waldstück war riesig und unübersichtlich. Es gab Senken im Boden, undurchdringliches Gebüsch und eine Gruppe von Fichten, zwischen denen es fast nachtschwarz war. Den Waldrand, von dem Chris sprach, konnte Polly noch nicht einmal erahnen.

„Ich will Goldsucherin sein!", rief Ronja.

„Ich auch", meinte Josefine-Florentine.

Gemurmel brach aus. Doch Herr Winnfeld und Chris hatten die Gruppen bereits festgelegt. Damit überall gleich starke Reiter und ruhige Ponys vertreten waren, sollten Polly, Lolli, Josefine-Florentine, Anni, Finn und

Helena die Goldsucher sein. Als Erkennungszeichen bekamen alle ein goldenes Band. Julius, Ole, Silva, Ronja und Emma bekamen rote Bänder und waren die Bandidos.

„Gemein, wir sind nur vier“, murrte Julius.

Emma zuckte zusammen. Es war klar, dass Julius sie nicht zu seiner Mannschaft zählte.

„Chris und ich warten hier, falls es Probleme gibt“, verkündete Herr Winnfeld noch. „Viel Spaß!“

Julius wendete sein Pferd. „Ole, Silva, Ronja zu mir!“, kommandierte er. Emma warf Polly und Lolli einen traurigen Blick zu, dann ritt sie den anderen Bandidos hinterher.

Polly und die Goldsucher entschieden sich für ein dichtes Gebüsch als Lager. Josefine-Florentine und Helena sollten es als Erste bewachen. Anni und Finn wollten ausspionieren, wo die Bandidos ihre Fahne versteckt hatten. Polly und Lolli beschlossen, Goldnuggets zu suchen.

„Hoffentlich entdeckt ihr alle“, rief Anni ihnen nach. „Plastik in der Natur ist gar nicht gut!“

Sie ritten am Rand des Spielfelds entlang. Mühsam suchten die Ponys ihren Weg durch Heidekraut, Blaubeeren und Gestrüpp. Nach etwa zehn Minuten lichtete sich der Wald. Dahinter erstreckte sich eine offene Fläche voller bräunlicher Heidebüschel, Birken und Wacholderbäumen, doch die gehörte nicht mehr zum Spielfeld. Von den anderen Spielern war nichts mehr zu hören oder zu sehen.

„Wann finden wir denn endlich mal ein paar Nuggets?", murmelte Polly, als sie wieder in das grüne Dämmerlicht des Waldes eintauchten.

„Keine Sorge", meinte Lolli. „Man nennt mich nicht umsonst Lolli Adlerauge."

Polly grinste und blickte angestrengt zu Boden. Doch nirgendwo blitzte es golden.

Die Freundinnen umrundeten einmal das ganze Spielfeld. An einer Stelle entdeckten sie alte Bienenkörbe und an einer anderen ragte ein riesiger dunkler Schatten zwi-

schen den Bäumen auf. Sie gruselten sich erst ein bisschen, bis sie erkannten, dass es nur eine alte Scheune war. Vor dem klapprigen Scheunentor glänzte etwas zwischen Laub und Zweigen auf dem Boden.

„Ein Goldnugget!", rief Polly erfreut.

Wenig später hörten Polly und Lolli Rufe, das Knacksen von Zweigen – und einen gellenden Schrei. Erschrocken lenkten sie ihre Ponys in die Richtung, aus der die Geräusche gekommen waren.

„Ich hab eine Gefangene!“, schrie Julius triumphierend. Er hatte Cookies Zügel gepackt und zog das Pony mit sich. Josefine-Florentine saß im Sattel und protestierte lautstark. Cookie, sonst die Ruhe selbst, warf nervös den Kopf hin und her.

„Ruhig, Cookie“, raunte Polly. „Jo-Flo, sei doch still, du machst ihm Angst. Julius, zerr nicht so an den Zügeln!“

„Nenn mich nicht Jo-Flo und gib mir keine Befehle!“, beschwerte sich Josefine-Florentine, während Julius gleichzeitig zischte: „Halt du dich da raus. Regeln sind Regeln.“ Er zeigte Polly den Mittelfinger, musste dafür aber Cookies Zügel loslassen. Josefine-Florentine nutzte die Gelegenheit und galoppierte in Richtung des Goldsucher-Lagers davon.

„Das hast du dir ja schön ausgedacht, Winnfeld!“, blaffte Julius. „Wolltest wohl ein Goldnugget sparen, was? Aber nicht mit mir. Ich sage deinem Vater, dass du dich nicht an die Regeln hältst.“

„Cookie wäre fast durchgegangen!“, gab Polly wütend zurück. „Regeln hin oder her, auf die Ponys musst du schon Rücksicht nehmen. Hier hast du dein blödes Gold.“ Damit schmiss sie ihm den goldenen Ball zu, den sie eben im Gras gefunden hatte. Ohne zu gucken, ob Julius ihn auffing, ritt sie davon.

Das Spiel wurde zunehmend wilder und ruppiger. Silva und Ronja nahmen ihre beste Freundin Helena gefangen und weigerten sich, sie rauszugeben.

„Ich *will* auch gar nicht zu den doofen Goldsuchern zurück“, rief Helena.

Ole pikste Anni im Eifer des Gefechts mit der Flagge in den Bauch. Im Gegenzug versteckte Finn die Flagge der Goldsucher, was ihm eine wütende Schimpftirade von Silva einfing, die sich an das Goldsucher-Lager angeschlichen hatte, um die Fahne zu stehlen.

„Die Flagge muss sichtbar sein!“, verlangte sie.

„Habt ihr doch auch gemacht!“, riefen Finn und Lolli wie aus einem Mund.

„Aber man darf die Fahne nicht verstecken!“, meckerte Ronja.

Polly stöhnte. „Hoffentlich ist es bald Zeit zum Mittagessen“, flüsterte sie Lolli zu. „Sonst gehen die sich hier noch an die Gurgel.“

Doch auch Lollis sonst so fröhliches Gesicht sah jetzt genervt aus. „Meine Mutter hätte mich eh lieber zuhause behalten“, zischte sie. „Aber *du* wolltest ja unbedingt, dass wir die ganze Reiterferienwoche mitmachen! Trotz meiner Halsschmerzen!“ Und sie räusperte sich theatralisch.

„Du wolltest doch selber!“, fuhr Polly auf.

Zum Glück unterbrach Emma die beiden. „Müsst ihr jetzt auch noch streiten?“

Ertappt hielten Polly und Lolli inne. „Tut mir leid“, sagte Polly und gleichzeitig meinte Lolli: „Oh, sorry, Polly.“ Sie grinsten sich an.

„Gut“, meinte Emma. „Ich muss euch nämlich etwas sagen: Die Flagge der Goldsucher ist weg und die der Bandidos auch. Bevor der Streit anfing, waren sie aber beide noch da. So können wir überhaupt nicht weiterspielen. Was machen wir jetzt?“

Polly und Lolli sahen sich ratlos an. Inzwischen hatten auch die anderen bemerkt, dass die Flaggen der beiden Teams verschwunden waren. Und sie hatten mitbekommen, dass Emma es als Erste bemerkt hatte.

„Soso, unsere Flaggen sind also weg“, sagte Julius und Polly konnte seiner Stimme schon anhören, dass er gleich etwas Gemeines sagen würde. „Während wir Feriengäste alle hier zusammen standen, sollen unsere Flaggen wie von Geisterhand verschwunden sein, ja? Also hat jemand die Flaggen gestohlen. Jemand, der eben nicht hier war. Jemand, der schon die ganze Woche gegen uns war.“ Er sah Polly, Lolli und Emma auffordernd an.

„Was, wir?“, fragte Lolli entgeistert.

„So ein Quatsch!“, rief Polly.

Emma war von der Anschuldigung sichtbar getroffen. „Wir? Nein ... Das stimmt doch gar nicht ... Warum sollten wir das ...“, stotterte sie.

Doch für die anderen war alles klar.

„Ihr Diebe!“, schrie Silva.

„Voll gemein!“ – „Spielverderber!“ – „Emma, Polly und Lolli sind schuld!“

Polly wollte etwas sagen, aber niemand hörte ihr zu. Inmitten des allgemeinen Getümmels aus Kindern und Pferden konnte sie gerade noch erkennen, dass Emma Motte aus der Gruppe lenkte und davonritt. Ihr Gesicht war tränenüberströmt.

Spiele rund ums Pony

Das Spiel Goldsucher gegen Bandidos könnte den Hufeisen-Ranchern so viel Spaß machen – wenn da nicht der dumme Streit wäre! Es gibt aber noch mehr, was man als Reiter spielen kann.

Spielt im Team

In der Reithalle und auf dem Reitplatz könnt ihr Geschicklichkeitsspiele auf dem Pferderücken machen. Alle Spiele werden in zwei Teams gespielt, das schweißt zusammen. Bei „Los!" beginnt die erste Reiterin aus jedem Team. Die Nächste darf erst anfangen, wenn die Vorgängerin fertig ist. Welches Team ist am schnellsten und macht die wenigsten Fehler?

Ponyspiele

Ein bekanntes Ponyspiel ist das Ringstechen. Dabei reitet man zu einem locker aufgehängten Ring und versucht, ihn mit einem Stab zu durchstechen und so abzunehmen.
Richtig witzig sind Partyspiele wie Sackhüpfen und Eierlaufen, wenn ihr dabei euer Pferd am Zügel führt.
Ihr könnt auch Slalom auf Zeit reiten. Versucht doch mal, nur ein Pony zu benutzen und am Ende möglichst schnell ab- und wieder aufzusteigen.
Oder ihr müsst vom Pferderücken aus einen Ball in einen Eimer werfen oder eine Flagge in eine Flasche stecken. Die Aufgabe der nächsten Reiterin ist es, abzusteigen und Ball oder Flagge wieder einzusammeln.

Pollys Tipp

Ich merke immer wieder, dass die Spiele nicht nur mir Spaß machen, sondern auch Smoky. Abwechslung ist eben auch für Ponys super! Diese kleine, spielerische Überraschung mag Smoky besonders und sie ist bestimmt auch etwas für dein Lieblingspony: Stecke einen Ball in ein Heunetz und hänge es in die Box oder auf die Koppel. Smoky spielt damit Fußball oder Maulball ... Das sieht lustig aus und macht tierisch Spaß!

Zehntes Kapitel, in dem ein Mädchen und ein Pony verschwinden

„Emma, warte!“, rief Polly, aber das Mädchen schien sie nicht zu hören. „Komm schon“, meinte Polly zu Lolli gewandt. Die räusperte sich schon wieder theatralisch, kramte ein Taschentuch aus der Tasche und putzte sich ausführlich die Nase.

Polly hätte am liebsten an Djangos Zügeln gezerrt, so ungeduldig war sie. „Wir müssen schnell hinterher und Emma trösten. Oder geht das nicht mit deinen Halsschmerzen?“ Das Letzte war ihr so rausgerutscht und sie merkte gleich, dass es ein Fehler war.

„Pah“, sagte Lolli und drehte sich weg. „Glaubst du, ich denke mir das alles nur aus? Es tut echt weh!“

„Sorry“, meinte Polly. „Ich weiß, dass du echte Halsschmerzen hast.“

„Allerdings.“ Lolli schniefte.

„Lass uns nicht streiten“, flehte Polly. „Das ist alles schlimm genug. Bitte, Lolli! Du bist doch meine beste Freundin!“

„Stimmt.“ Lolli grinste und lenkte Django ein Stück

an Smoky heran. Aus der Tasche ihrer Reitweste zog sie eine halbe Tafel Weiße-Crisp-Schokolade und bot Polly ein Stück an. „Mmh, lecker", brummelte Lolli zufrieden.

„Tut der Hals nicht mehr weh?", fragte Polly.

„Bei Schokolade nie." Lolli grinste ihre Freundin an. „Jetzt können wir Emma trösten. Bestimmt ist sie im Lager der Bandidos."

Polly und Lolli ritten los. Die anderen hatten inzwischen wieder mit dem Spiel angefangen. Bandido Ole jagte an ihnen vorbei, eine Handvoll Goldnuggets im Arm. Ronja war ihm dicht auf den Fersen. „Das sind unsere!", schrie sie. Polly und Lolli folgten dem Geräusch von Ponyhufen und zerberstenden Zweigen bis zu dem düsteren Fichtenwald. Dort war Ole verschwunden, also war dort sicher auch das Lager der Bandidos. Sie umrundeten die Bäume auf der Suche nach einem Lebenszeichen von Emma. Plötzlich stand Julius vor ihnen.

„Was wollt ihr?", fragte er.

„Wir suchen Emma", antwortete Polly. „Deine Anschuldigung vorhin hat sie nämlich total fertig gemacht."

Julius zuckte nur mit den Schultern. „Emma ist hier nicht. Wahrscheinlich ist sie mit den geklauten Flaggen abgehauen. Ist auch besser so."

„Oh, Mann, Emma klaut doch nicht!", rief Lolli. „Und wir genauso wenig, falls du das denkst!"

„Sagst du", meinte Julius kühl. „Und jetzt verkrümelt euch, sonst nehme ich euch gefangen." Er beugte sich blitzschnell vor und wollte nach Smokys Zügeln greifen. Aber Polly war schneller. Rasch hatte sie ihr Pony aus seiner Reichweite getrieben. Seite an Seite mit Lolli und Django trabte sie davon, einmal um das ganze Spielfeld. Doch Emma blieb verschwunden.

Schließlich machten sie am Holzstapel Halt. Polly spürte nagende Sorge in sich aufsteigen. Ob Emma sich im Wald verirrt hatte? Dann fiel ihr etwas ein: „Emma hat uns doch erzählt, dass sie mit Motte oft länger ausreitet. Bestimmt möchte sie einfach mal alleine sein. Mit Motte. Das ist doch ganz normal, oder?" Sie sah Lolli an und erwartete ein beruhigendes Lächeln von ihrer Freundin, aber das kam nicht. „Was ist?", fragte Polly.

Lolli schluckte trocken, nahm noch ein Stück Schokolade und schien nachzudenken. „Naja, Emma war auf dem Ritt hierher ziemlich mies drauf. Weißt du, letzte Nacht hat es nämlich wieder gespukt bei ihr im Tipi. Sie muss sich schrecklich gefürchtet haben, so ganz allein. Sie hat gesagt, sie hält das nicht mehr aus, sie haut mit Motte ab! Ich konnte sie überreden, das nicht zu machen. Aber was, wenn sie jetzt doch ..." Lolli musste den Satz nicht beenden. Polly verstand sofort, was sie meinte.

Während die Ferienkinder um Polly und Lolli herum weiter Goldsucher und Banditen spielten, saßen die beiden mit ernsten Mienen auf dem Holzstapel und grübelten, wo Emma sein konnte. Ihre Ponys hatten sie an einem Baum angebunden. Bei jedem Geräusch im Wald hofften sie, dass im nächsten Moment Emma und Motte um die Ecke bogen. Aber sie ließen sich nicht blicken.

Es wurde Mittag. Chris kam und rief alle Reiter zu einer Pause zusammen. Emma war immer noch nicht wieder aufgetaucht. Polly saß mit Lolli abseits und biss

lustlos in ihr Brötchen. Sie wartete nur darauf, dass Chris Emmas Fehlen bemerken würde. Aber die diskutierte mit Ole und Finn über die Spielregeln. Pollys Vater stieß erst einige Minuten später dazu.

„Vermisst ihr etwas?“, fragte er.

Die Reiter sahen neugierig auf. Herr Winnfeld hatte die beiden Flaggen in der Hand.

„Wo waren die Flaggen?“, fragte Julius. „Haben Sie sie Emma abgenommen?“

„Wieso Emma?“, wollte Herr Winnfeld wissen. „Nein, Chris hat die Flaggen stibitzt. Wir wollten das Spiel ein bisschen anheizen. Was soll Emma damit zu tun haben? Wo ist sie überhaupt?“

Keiner antwortete. Auch Polly biss sich auf die Lippen. Irgendwie konnte sie ihrem Vater nicht von dem großen Streit und Emmas Verschwinden erzählen. Lieber wollte sie gleich selbst nach Emma suchen. Polly dachte immer daran, womit Julius gedroht hatte: Seine Eltern würden die Winnfelds von der Ranch schmeißen, wenn er hier irgendwelchen Ärger bekam. Und Julius *würde* Ärger von Pap bekommen, wenn der erfuhr, dass seine Anschuldigung Emma zum Weglaufen gebracht hatte.

„Also?“, wiederholte Herr Winnfeld. „Wo ist Emma?“

„Fragen Sie doch mal Ihre Tochter, Herr Winnfeld!“,

rief Julius vernehmlich. „Sie, Emma und Lolli haben überhaupt nicht richtig mitgespielt. Keine Ahnung, wo sie die ganze Zeit gesteckt haben."

Polly warf Julius einen bösen Blick zu, aber sagen konnte sie nichts, denn ihr Vater und Chris waren bereits bei ihr.

„Stimmt das, Pollygirl?", fragte die Reitlehrerin. „Wo wart ihr denn? Wo ist Emma?"

„Klar haben wir mitgespielt", verteidigte sich Polly. „Lolli und ich haben einen Goldnugget gefunden und ..." Sie zögerte.

„Und ausgekundschaftet", ergänzte Lolli.

Polly warf ihrer Freundin einen dankbaren Seitenblick zu. „Wir haben uns bloß ein bisschen abseits gehalten, als die anderen gestritten haben", sagte sie.

„Sehr vernünftig", erwiderte ihr Vater. „Und Emma?"

Polly zuckte unglücklich mit den Schultern. Sie wollte ihren Vater nicht anlügen! Aber sie musste um jeden Preis verhindern, dass ihre Familie vielleicht nicht länger auf der Hufeisen-Ranch wohnen durfte.

Zum Glück kam Lolli ihr zu Hilfe. „Emma ist vorhin weggeritten, weil ihr alles zu heftig wurde. Seitdem haben wir sie nicht mehr gesehen. Ehrlich gesagt ist das schon eine ganze Weile her."

Chris und Pollys Vater besprachen sich kurz. Beide sahen besorgt aus. Dann ritt Chris auf Rocky im Galopp zur Hufeisen-Ranch zurück, für den Fall, dass Emma dorthin unterwegs war. Anzurufen hatte keinen Zweck, weil Pollys Mam, Tom, Tara, Wilma und Elisabeth II. den feriengästefreien Tag für einen Ausflug genutzt hatten. Pap wollte im Wald nach Emma suchen. „Geht mir nicht auch noch verloren", bat er. „Ich bin so schnell wie möglich wieder hier. Ruft mich sofort an, wenn ihr Hilfe braucht. Finn, du hast doch ein Handy?"

„Das haben Sie doch heute Morgen schon gefragt", erwiderte der Junge.

„Ich auch", sagte Julius und zeigte sein großes Smartphone.

Herr Winnfeld nickte halbwegs beruhigt. Dann ritt er auf Móri davon.

Die Zeit verging. Die Ferienkinder hockten auf einem Baumstamm und diskutierten über das Spiel. Polly und Lolli blieben bei den Ponys.

„Du, Polly?", fragte Lolli. „Glaubst du immer noch, dass Emma nur ein bisschen allein sein wollte?"

Polly seufzte schwer. „Nein, glaube ich nicht." Sie stand neben Smoky und hatte ihrem Pony den Arm um den Hals gelegt. Gedankenverloren kraulte sie das weiche, warme Kuschelfell unter der Mähne. „Oh, Smoky! Was sollen wir bloß tun? Wo kann Emma nur sein?“ Sie blickte zu ihrer Freundin hinüber, die neben Django stand und in der Tasche ihrer Reitweste wühlte, neben einem zerknüllten Taschentuch aber nur das leere Schokoladenpapier zutage förderte. „Alle“, sagte sie enttäuscht. „Ohne Schokolade kann ich einfach nicht denken!“

Polly überlegte. „Vielleicht ist sie zurück zur Ranch geritten? Vielleicht wollte sie von dort ihre Eltern anrufen, damit die sie abholen.“

Lolli schüttelte den Kopf. „Emma hat doch gesagt, dass sie das auf keinen Fall macht.“

„Aber sie wird ja wohl kaum mit meiner Mam oder Tara oder Tom reden wollen, die sind ja auch gar nicht da. Also muss sie irgendwo hier im Wald sein. Warum haben wir sie dann vorhin bei unserem Rundritt nicht entdeckt? Ob sie richtig weit weggeritten ist? Oder versteckt sie sich irgendwo?“

Plötzlich strahlte Lolli. „Ein Versteck ... klar, das ist es! Polly, wir kennen doch ein Versteck hier im Wald – die alte Scheune!“

Polly blieb der Mund offen stehen. „Die wäre wirklich der perfekte Ort, wenn man nicht gefunden werden will“, flüsterte sie. „Ich wette, Pap kennt die auch nicht. Los, wir reiten hin.“

Lolli zögerte. „Das ist deinem Vater bestimmt nicht recht.“

„Wir beeilen uns“, sagte Polly. „Bis Pap oder Chris wiederkommen, sind wir längst mit Emma zurück.“

Polly und Lolli banden ihre Ponys los und stiegen auf. Keins der anderen Kinder sagte etwas zu ihnen. Aber Polly hörte genau, wie Julius sagte: „Polly braucht wieder eine Extrawurst. Hoffentlich bekommen wir deswegen keinen Ärger!“ Die anderen murmelten zustimmend.

Nervös ritt Polly mit Lolli davon. Schlimm genug, dass sie gegen Paps Anweisung wegritten! Mussten Julius und die anderen auch noch auf sie schimpfen?

Polly und Lolli nahmen den gleichen Weg wie vorhin, als sie zufällig zur alten Scheune geraten waren. Es war gar nicht so leicht, sie im Dämmerlicht des Waldes zu finden! Doch dann ragte sie wieder vor ihnen empor.

Vor dem Scheunentor glitt Polly von Smokys Rücken und zog am Türgriff. Das uralte Tor ächzte in den Angeln. Django scheute und wich zurück. „Nimm du die Ponys und geh ein Stück weg“, meinte Polly. Sie drückte Lolli Smokys Zügel in die Hand. „Ich schau nach.“

„Ähm, sicher?“, fragte Lolli mit großen Augen. Die Stimmung hier im Wald war wirklich unheimlich. Das große, alte Gebäude lag still und düster vor ihnen. Die Bretterwände der Scheune waren morsch und im Dach fehlten an mehreren Stellen die Ziegel. Neben dem Eingangstor lagen merkwürdige rostige Gegenstände halb unter Schichten trockenen Laubes begraben: Ackergeräte, Treckerreifen und ein aufgerollter, löchriger Schlauch.

„Sicher“, sagte Polly, auch wenn ihr Herz vor Aufregung hart gegen die Rippen schlug. Entschlossen zog sie das Scheunentor einen Spalt weit auf. Sie spähte durch die Öffnung. Das wenige Licht, das von draußen hereinfiel, reichte nicht sehr weit. Alles was sie sah, war Dunkelheit.

„Emma?“ Polly flüsterte unwillkürlich. Niemand antwortete, aber sie glaubte, ein leises Atmen zu hören.

Polly nahm all ihren Mut zusammen und zog das Tor weiter auf. Und tatsächlich, da waren sie! Emma und Motte drängten sich in die hinterste Ecke der Scheune. Spinnenweben klebten in Emmas kurzen Haaren und Mottes Fell war staubig.

Polly lief auf das Mädchen zu und umarmte es. „Ach, bin ich froh, dass wir dich gefunden haben! Das war so gemein von Julius! Aber der ist einfach blöd. Alle wissen jetzt, dass es keiner von uns war. Mein Vater und Chris hatten die Flaggen genommen, um das Spiel anzuheizen. Jetzt suchen sie dich, sie machen sich echt Sorgen. Komm, Emma!“

Doch Emma wich zurück und drängte sich noch dichter an ihr Pony. „Nein!“ Sie schluchzte trocken. „Ich komme nicht wieder. Motte und ich bleiben hier. Wenn es sein muss, für immer.“

Bedrucktes Reiter-T-Shirt

Wer sich beim Reiten als richtiger Pferdefan zeigen will, braucht auch ein passendes T-Shirt. Du kannst eins mit Textilfarben bemalen, aber bedruckt sieht es viel cooler aus. Es ist auch gar nicht so schwer!

Besorgen

helles T-Shirt in deiner Größe (vorgewaschen)
Textilfarbe in der Flasche mit schmaler Tülle
Pappe und Papier
Schere, Bleistift

Motiv zeichnen

Zeichne auf das Papier ein einfaches Motiv, zum Beispiel einen Pferdekopf. Es sollte nicht zu viele feine Details zeigen!

Drucken

Schiebe ein Stück Pappe in das T-Shirt, damit die Farbe nicht durchdrückt. Halte die Textilfarbe wie einen Stift und zeichne direkt aus der Flasche die Linien deines Motivs auf dem Papier nach. Achte darauf, nur wenig Farbe zu verwenden.

Lege das Papier vorsichtig mit der Farbe nach unten auf das T-Shirt. Streiche darüber, damit sich die Farbe auf das Shirt überträgt. Ziehe das Papier ab.

Bügeln

Damit die Farbe in der Waschmaschine nicht rausgeht, musst du dein T-Shirt bügeln. Schau auf der Farbflasche nach, wie das geht.

Pollys Tipp

Für Smokys Namen auf meinem Shirt habe ich SMOKY mit schwarzem Filzstift auf ein Blatt Papier geschrieben. Dann habe ich es ans Fenster gehalten und die Buchstaben auf der Rückseite nachgeschrieben – spiegelverkehrt! Diese Schrift habe ich mit Textilfarbe nachgezeichnet und aufs T-Shirt gedruckt. Tataaa! Es steht wirklich SMOKY darauf!

Elftes Kapitel, in dem eine Diva zur Retterin wird

Nichts, was Polly sagte, konnte Emma umstimmen. Auch Lolli, die bald darauf mit Smoky und Django ans Scheunentor kam, vermochte sie nicht zu überzeugen. Emma rührte sich nicht vom Fleck.

„Wir müssen los, Polly", drängte Lolli kurz darauf. „Chris und dein Vater sind sicher bald zurück. Wir bekommen richtig Ärger!"

„Ich kann aber meinen Vater nicht anlügen", sagte Polly zu Emma. „Wir müssen ihm sagen, wo du bist."

Emma schüttelte mit wildem Blick den Kopf. „Bitte verratet mich nicht! Dann kommen alle, um mich zu holen! Und dann sehen Julius und die anderen, dass sie gewonnen haben. Das will ich nicht! Bitte, bitte, ihr dürft den anderen nichts sagen."

Polly biss sich auf die Lippen. „Emma, das geht nicht", sagte sie fest. „Du schaffst das schon. Auch wenn Julius und die anderen gemein zu dir sind, wir halten zu dir. Oder, Lolli?"

„Klar", sagte Lolli sofort. „Ehrenwort. Ich würde mit dir eine Schokolade darauf essen, aber sie ist leider alle."

Emma hob das Gesicht. Sie war verheult, die Haare klebten ihr in der Stirn und Rotz lief ihr aus der Nase. Aber sie lächelte matt und Polly fand, dass das ein gutes Zeichen war.

„Immerhin habe ich noch ganz viele Taschentücher", sagte Lolli und kramte in Djangos Satteltasche. „Wegen meiner Halsschmerzen. Damit kannst du dich ein bisschen ordentlich machen. Dann sehen die anderen nicht, dass es dir so schlecht geht." Sie reichte Emma eine Packung und die wischte sich die Tränen und Spinnweben ab.

Polly lächelte aufmunternd. „Alles, was du tun kannst, ist wieder aufzustehen, deine Haare zu richten und dir den Dreck vom Allerwertesten zu klopfen. Jedenfalls würde das meine Oma sagen. Können wir jetzt los?" Sie verließ die Scheune. Lolli und Emma folgten ihr.

Rasch ritten die Mädchen zurück zu den anderen. Polly sah schon von Weitem, dass die Ferienkinder immer noch allein waren. Weder ihr Vater noch Chris waren zurück. Erleichtert grinste sie ihre Freundinnen an.

„Ach, da ist ja Emma wieder", sagte Julius. Er klang wenig begeistert. „Worüber freust du dich denn so, Polly? Findest du es etwa in Ordnung, einfach in den Wald abzuhauen? Damit handelst du uns allen Ärger ein!"

Die anderen nickten. „Das ist unfair“, murmelte Anni.

Polly spürte ein Kribbeln im Bauch. Julius war einfach die Krönung! Trotzdem biss sie sich auf die Zunge. Sie wusste ja, dass Emma am liebsten verschweigen wollte, wie nahe ihr der ganze Streit gegangen war. Außerdem durfte Polly Julius keinen Grund geben, ihre Familie von der Ranch zu verbannen. Also schwieg sie. Lolli und Emma unterhielten sich leise. Auch Helena, Silva und Ronja tuschelten miteinander. Julius und Finn spielten mit ihren Handys. Ole hatte ein Taschenmesser hervorgezogen und schnitzte einen Ast spitz an.

„Mir ist langweilig“, sagte Julius irgendwann. „Ich rufe Herrn Winnfeld an und sage ihm Bescheid, dass alle wieder aufgetaucht sind.“ Er zückte sein Handy. Alle warteten gespannt, doch nach einigen Sekunden ließ er es wieder sinken. „Kein Netz“, sagte er. „Finn, hast du eins?“

Nun versuchte auch Finn zu telefonieren. „Nichts“, stellte er fest. „Kein Wunder. Mitten in der Botanik gibt es sicher keine Sendemasten.“

Julius sah die anderen auffordernd an. „Na, dann ist ja wohl klar, was wir machen, oder?“, fragte er. Niemand antwortete. „Wir reiten los!“

„Aber wir müssen hierbleiben, das hat Herr Winnfeld gesagt“, erinnerte ihn Helena besorgt.

„Der arme Herr Winnfeld soll also stundenlang nach Emma suchen, wenn die längst wieder da ist?“, fragte Julius. „Leute, das ist doch Schwachsinn. Ich will ja auch nicht abhauen, so wie Polly, Lolli und Emma. Ich will Herrn Winnfeld *helfen*! Lasst uns schon mal auf dem Spielfeld alle Sachen einsammeln, dann geht es nachher schneller. Vielleicht treffen wir ihn ja sogar unterwegs oder wir finden eine Stelle, an der wir telefonieren können. Und natürlich nehmen wir die Ponys mit, damit wir dann gleich auf die Ranch zurückreiten können.“

Helena sah ein wenig ängstlich aus und Anni verschränkte die Arme, als würde sie das niemals mitmachen. Aber Julius war so überzeugend, dass bald alle einsahen, wie gut sein Plan war. Mit offenen Mündern sahen Polly, Lolli und Emma zu, wie die Ferienkinder aufsaßen und in den Wald ritten. Auf ihren Protest achtete keiner.

Da schwang sich auch Polly auf Smokys Rücken. „Die sollen nicht abhauen, sonst geht vielleicht noch jemand verloren!“, rief sie besorgt.

„Besser, wir bleiben zusammen“, meinte auch Lolli.

Julius und Finn führten die Gruppe durch den Wald. Am Lager der Goldsucher im dichten Gebüsch hielten sie an und sammelten Flaggen, Goldnuggets, leere

Lunchtüten und vergessene Pullover ein. Dann ging es weiter zu der düsteren Fichtengruppe, in der sich die Bandidos verschanzt hatten. Vergeblich versuchte Polly, die anderen zurück zum Treffpunkt zu lotsen. Julius hatte anscheinend Spaß daran, auf eigene Faust durch den Wald zu reiten.

Nachdem sie auch aus dem Bandido-Lager alle vergessenen Besitztümer geholt hatten, lenkte Julius die Gruppe in Richtung des Waldrands und der offenen Heide. Dort angekommen parierten Polly und Emma ihre Ponys durch. „Falsche Richtung!“, rief Polly. „Da hinten geht es zum Treffpunkt!“

„Mensch, Leute!“, schrie Lolli entnervt. „Wir müssen zurück!“ Sie lenkte Django hinter den anderen her. Polly bemerkte, dass sich der Boden dort senkte. Es wuchs auch keine braune struppige Heide mehr, sondern stricknadeldickes dunkelgrünes Gras. Wasser spritzte unter Djangos Hufen auf, als er in eine verborgene Pfütze trat. Die wasserscheue Smoky wich ein paar Schritte zurück.

„Ruhig, meine Süße, ganz ruhig“, raunte Polly. Sie streichelte ihrem Pony den Hals. „Dir passiert nichts, das ist nur Wasser. Ganz ruhig.“

Während Polly mit Smoky beschäftigt war, hatte sie nicht mehr auf die anderen geachtet. Da hörte sie den

Schrei – laut und durchdringend. Das war doch Lolli!

Zunächst verstand Polly nicht, was geschehen war. Warum hatte Django sich hingelegt? Und warum schrie Lolli so? Dann begriff sie und ihr Herz blieb einen Moment stehen.

Das feste grüne Gras hatte ein Sumpfloch versteckt. Django war bis zur Hälfte der Beine im schweren braunen Schlamm versunken! Er wieherte schrill und Polly sah das Weiße in seinen Augen.

Sofort trieb Polly Smoky vorwärts. Doch sowie ihr Pony die kalten Wasserspritzer an den Beinen spürte, wich es zurück.

„Ich komme, Lolli!“, schrie sie, rutschte von Smokys Rücken, schlang die Zügel um einen niedrigen Busch und rannte zu ihrer Freundin.

Wasser spritzte auf, als Polly in ein Sumpfloch trat. Schnell sprang sie seitwärts auf ein dickes Grasbüschel. Dann ertastete sie sich vorsichtig einen Weg zu Django und Lolli. Jeden Moment rechnete sie damit, dass auch sie versinken würde, aber sie hatte Glück und der Boden gab nicht nach. Offensichtlich trug er ihr Gewicht mühelos, während der schwere Wallach in den Schlamm geraten war.

Keuchend erreichte Polly ihre Freundin und das Pony.

Django hatte für einen Moment aufgehört zu strampeln. Er lag in dem Sumpfloch und atmete schwer.

„Steig ab, Lolli", japste Polly.

Lolli klammerte sich verzweifelt in Djangos Mähne. Ihr blasses Gesicht leuchtete geradezu unter ihrem schwarzen Haar und ihre dunklen Augen waren riesengroß. „Ich trau mich nicht", jammerte sie. „Oooh, ich kann einfach nicht!"

„Komm schon, der Boden trägt dich", sagte Polly. „Guck mal, ich steh hier doch auch." Trotz ihrer ruhigen Worte war ihr ganz flau vor Angst. Sie nahm Lollis Hand aus Djangos Mähne und zog sie von seinem Rücken. Zitternd presste sich Lolli an sie.

„Und jetzt ziehen wir Django raus", sagte Polly. „Los! Mitmachen!" Sie gab Lolli einen Schubs und die schien endlich wieder aus ihrer Schockstarre zu erwachen.

„Ziehen", sagte sie. „Klar." Die beiden Mädchen griffen nach Djangos Zügeln und zogen. Django schnaufte verängstigt und strampelte mit den Vorderbeinen. Er versuchte, aus dem schlammigen Loch herauszuklettern, doch er schaffte es nicht.

Polly ließ die Zügel los und trat vorsichtig um das Pony herum. „Ich drücke von hinten", keuchte sie. Mit ihrem ganzen Gewicht presste sie sich gegen Djangos Hinterteil. Lolli zog und zerrte an seinen Zügeln. Django

wieherte schrill, er strampelte und keuchte. Aber er kam einfach nicht frei.

Verzweifelt sah Polly sich um. Die anderen Ferienkinder drängten sich in einigem Abstand zusammen wie eine Herde Schafe. Sie beobachteten Django mit weit aufgerissenen Augen. Emma war abgestiegen und versuchte, sich vorsichtig über den trügerischen Boden an Polly, Lolli und Django heranzutasten.

„Helft uns doch!“, schrie Polly.

Langsam kam Bewegung in die Gruppe. Einige redeten durcheinander, andere stiegen von den Ponys ab. Finn zückte sein Handy.

Wollte der jetzt etwa ein Spiel spielen? Da begriff Polly.

Sie rannte auf den Jungen zu und eine Woge der Hoffnung überrollte sie. Bestimmt klappte es hier mit dem Telefonieren! Gleich würde sie ihren Pap anrufen und der würde Django retten. Ungeduldig wartete sie, bis Finn die Nummer gewählt hatte. Dann drückte er Polly das Handy in die Hand. Sie presste es ans Ohr und wartete mit klopfendem Herzen.

Nichts geschah. „Warum geht das nicht?“, fragte sie und schüttelte das Handy, als ob dadurch irgendwelche Schaltkreise in die richtige Reihenfolge purzeln würden.

„Vorsicht!“ Finn schnappte sich schnell sein Telefon und warf einen Blick darauf. „Mist, immer noch kein Netz. Du kannst deinen Vater nicht erreichen.“

Ein Bleigewicht plumpste in Pollys Magen. Django wieherte wieder panisch und Lolli fiel neben ihrem Liebling auf die Knie. Sie begann, ihn zu streicheln und leise auf ihn einzureden. Emma war jetzt ebenfalls bei den beiden.

„Einer von euch muss zur Ranch reiten und Hilfe holen“, sagte Polly.

Die Ferienkinder sahen sich ratlos an. „Wir sind doch über eine Stunde hierhergeritten“, erklärte Helena leise.

„Ich habe mir den Weg nicht gemerkt. Keiner von uns kennt sich hier richtig aus. Tut mir leid, Polly."

„Und wenn ich nach Hause reite?", überlegte die, doch da schluchzte Lolli auf.

„Du kannst mich doch nicht hierlassen! Mit Django!", sagte sie weinend. „Außerdem dauert das viel zu lang. Im Schlamm ist es eiskalt. Django wird noch krank oder Schlimmeres ..." Sie verstummte.

Django lag auf der Seite. Sein Kopf ruhte auf einem einigermaßen trockenen Stück Gras, aber seine Beine steckten tief im Schlamm. Immer wieder versuchte er, sich aufzurichten und herauszuklettern. Doch das Moorloch hielt ihn fest und zog mit schleimigen Fingern an ihm. Er atmete schwer. Obwohl er vor Kälte und Aufregung zitterte, stand der Schweiß auf seinen Flanken.

„Na gut, ich mache es", sagte Ole plötzlich. „Ich kann mich ganz gut orientieren. Ich glaube, ich finde den Weg. Besser, Hilfe kommt später als gar nicht. Kommt jemand mit?"

Finn bot sich an. Kurz darauf ritten die beiden Jungen davon.

„Polly?", fragte Anni. „Sollen wir noch mal an Django ziehen? Zusammen sind wir stärker als du allein."

Polly lächelte das Mädchen dankbar an. „Ich habe nur Angst, dass von euch auch noch jemand im Moor versinkt“, sagte sie. „Haltet lieber Abstand.“

„Und wenn dir nur einer hilft? Jemand richtig Starkes? Ein Pony?“

Polly bliebt der Mund offen stehen. „Danke, Anni, das ist es! Dafür haben Smoky und ich schließlich das Rückwärtsrichten und alles geübt. Smoky!“ Polly war schon auf halbem Weg zu ihrer Stute. Die wirkte völlig zufrieden damit, hier dösig herumzustehen und alle Grashalme in Reichweite abzuknabbern. Polly schlang ihrem Pony die Arme um den Hals. „Smoky, meine Süße, ich brauche dich“, flüsterte sie. „Django braucht dich! Ich weiß ja, dass du vor dem Wasser Angst hast. Aber es tut dir nichts, versprochen. Zusammen schaffen wir es.“ Sie gab ihrer Stute einen Kuss zwischen die Nüstern. Dann löste sie die Zügel vom Busch, stellte sich neben Smoky auf und atmete tief ein und aus.

In Gedanken war Polly mit Smoky zurück auf der Ranch. Sie machten Bodenarbeit im Roundpen, nichts weiter. Polly erhob die Hand, damit Smoky wusste, dass es nun losging. Sie machte ein paar Schritte und Smoky folgte. Als wäre ihr klar, dass es nun drauf ankam, war Smoky wach und aufmerksam und schritt zügig neben

Polly her. Die führte ihr Pony erst mal weg von Django, Lolli und den anderen.

„Polly, was soll das?“, hörte sie Lolli hinter sich rufen, aber sie achtete nicht darauf. Sie ging mit Smoky ein Stück am Waldrand entlang, umrundete die Ferienkinder mit ihren Ponys und trat dann auf die Heide hinaus. Smoky ging weiter brav neben ihr. Sie erreichten das Sumpfgras und die ersten feuchten Stellen. Polly achtete darauf, mit Smoky einen sicheren, festen Weg zu wählen. Dennoch quoll ein wenig Wasser aus dem Boden. Smoky schnaubte, blieb stehen und wich dann rückwärts aus.

„Kein Problem, Smoky“, hauchte Polly. Sie legte ihrem Pony den Arm über den Mähnenkamm und kraulte sie, wie sie es von Chris gelernt hatte. Dann wendete sie Smoky und führte sie erneut Richtung Wald, zu den anderen Ponys und schließlich wieder auf die Heide.

Lolli beobachtete die beiden mit großen Augen. Sie hatte inzwischen verstanden, was Polly versuchte. „Komm, Smoky, komm her!“, lockte sie mit sanfter Stimme.

Diesmal hatten Polly und Smoky Django fast erreicht, als Smoky das Wasser bemerkte. Sie stemmte die Hufe in den Boden und rührte sich nicht.

„Brav, Süße, ganz brav“, murmelte Polly. Beruhigend streichelte sie ihr Pony.

„Immerhin läuft sie nicht mehr weg!“, rief sie Lolli aufmunternd zu.

Die verzog das Gesicht. „Aber sie kommt auch nicht näher.“

Plötzlich spürte Polly eine Bewegung hinter sich. Es war Helena. Sie tastete sich Schritt für Schritt näher und streckte Polly etwas entgegen. „Ich hatte heute Mittag keinen Hunger“, erklärte sie.

Einen Moment blickte Polly ratlos auf die Karotte und den Apfel aus Helenas Lunchpaket.

„Damit kannst du Smoky vorwärts locken“, erklärte das Mädchen.

Polly lächelte erleichtert. „Super Idee, danke!“ Rasch brach sie die Karotte in zwei Stücke und gab eins Smoky. Während die Stute krachend kaute, streichelte Polly sie weiter und redete auf sie ein.

Dann ging Polly wieder los. Smoky folgte ihr. Nach ein paar Schritten bekam sie die zweite Hälfte der Karotte und eine Menge Streicheleinheiten. Dann hatten sie

Django erreicht. Wieder lobte und streichelte Polly ihr Pony. Den Apfel aber gab sie Django. „Der braucht auch Kraft“, sagte sie entschuldigend zu Smoky.

„Und jetzt?“, flüsterte Lolli.

Polly überlegte. Dann knotete sie Smokys Zügel an Djangos Sattelgurt fest. Sie musste ein wenig im Schlamm wühlen, aber dann gelang es. „Du schiebst von hinten, ich ziehe an seinen Zügeln und Smoky am Sattel“, befahl sie. „Los!“

Polly drehte sich zu Smoky um und gab die Anweisung zum Rückwärtsrichten. Mit angehaltenem Atem wartete Polly, was passierte ... Und es klappte, Smoky ging rückwärts und zog. Die Bodenarbeit hatte sich doch gelohnt! Vielleicht lag es aber auch daran, dass Polly gleichzeitig gegen ihre Brust drückte. Oder sie verstand einfach, dass Django in Gefahr war. Jedenfalls zog Smoky, zerrte Polly, schob Lolli.

„Und noch mal!“, kommandierte Polly. „Jetzt! ... Noch mal! ... Zieh, Smoky!“

Irgendwann sackten Polly und Lolli erschöpft zusammen. Smoky blieb stehen. Django war schlammverschmiert, schweißverklebt und keuchte vor Angst. Und er steckte immer noch im Moor fest.

Sicher Ausreiten

So ein Ausritt in die Prärie ist richtig schön, kann aber auch gefährlich sein. Auch wenn es kein Moor in der Nähe gibt, müssen alle Reiter ein paar Regeln beachten. Dann haben Pferde und Reiterinnen eine tolle Zeit in der Natur!

Reitwege

Wege nur für Reiter sind durch ein rundes blaues Schild mit einem weißen Reiter gekennzeichnet. Siehst du dagegen ein rundes Schild mit rotem Rand, darauf ein schwarzer Reiter auf weißem Grund? Dann ist dort Reiten verboten. Wo kein Schild steht, darfst du reiten.

Sicherheit geht vor

An Straßen reitet die Gruppe hintereinander am linken Straßenrand. Vorne und hinten gehen erfahrene Reiter mit ruhigen Pferden.

Straßen überqueren solltet ihr allerdings zu zweit nebeneinander, damit es schneller geht. Haltet dabei eine Pferdebreite Abstand. Pferde können in der Dämmerung gut sehen. Damit du wiederum von anderen Verkehrsteilnehmern gesehen wirst, musst du unbedingt eine Warnweste tragen. Auch für Pferde gibt es leuchtende Ausrüstung, etwa Decken und Beinschützer.

Gesundheit auch

Achte im Gelände auf den Boden: Galoppiere niemals auf der harten Straße, aber auch nicht auf matschigem oder glattem Boden. Galoppiere stets im leichten Sitz und trabe leicht. Damit schonst du den Pferderücken. Stelle dafür die Steigbügel schon vor dem Ausritt zwei Loch kürzer.

Pollys Tipp

Auf einen längeren Ausritt nehme ich oft ein Picknick mit. Eine kleine Pause tut Smoky und mir gut! Als kleiner Snack für Smoky packe ich Äpfel und Möhren ein, für mich am liebsten Knäckebrot und Müsliriegel, manchmal auch einen Muffin oder Kekse und natürlich Wasser. Ich passe dabei immer gut auf, dass ich keinen Müll in der Natur liegen lasse!

Zwölftes Kapitel,
in dem Polly alles gibt und Freunde gewinnt

Lolli fing an zu weinen. „Django, mein Django“, schluchzte sie. „Du darfst nicht ... bitte komm da raus ...“

Polly hätte sich am liebsten ins Gras gesetzt und mitgeweint. Aber das ging nicht. Django brauchte Hilfe! Ihm durfte nichts passieren! Und wenn Polly sich etwas in den Kopf setzte, dann klappte das meistens auch.

„Polly?“ Sie fuhr herum. Josefine-Florentine war wie Helena abgestiegen und näherte sich ihr langsam. Sie traute sich allerdings nicht an das Sumpfloch heran.

„Was ist?“, fragte Polly.

„Silva hatte eine gute Idee“, antwortete Josefine-Florentine. „Wir beide wollen zurück zum Treffpunkt reiten. Falls dein Vater irgendwann dort auftaucht. Auf die Art kommt er vielleicht schneller her, als Ole und Finn wieder hier sind.“

Polly konnte es kaum fassen. Ole und Finn waren freiwillig zur Ranch geritten, Helena hatte Smoky etwas zu futtern geschenkt, Jo-Flo und Silva wollten am Treffpunkt auf ihren Vater warten und weiter hinten sah sie Julius mit seinem Handy auf und ab gehen, als versuchte er eine Ecke zu finden, in der sein Handy Empfang hatte. Ein warmes Gefühl breitete sich in Polly aus. „Ihr ... ich ... Danke“, stotterte sie.

Josefine-Florentine biss sich auf die Unterlippe. „Ist schon ok“, sagte sie. „Wir lassen euch doch jetzt nicht im Stich.“

„Ähm, hallo?“, schrie in diesem Moment Lolli und es klang schon fast hysterisch. „Polly! Rede nicht so viel, tu irgendetwas! Django ...“ Sie sprach nicht weiter.

„Eure Idee ist super“, sagte Polly zu Josefine-Florentine. „Danke! Ich versuche in der Zwischenzeit noch etwas anderes.“

Sie sprang auf. Von den Ferienkindern waren jetzt nur noch Emma, Julius, Helena, Ronja und Anni da.

„Smoky schafft es nicht allein“, sagte Polly zu den anderen. „Eins von den anderen Ponys muss uns helfen.“

Die Kinder redeten alle durcheinander. Jeder war sofort bereit, Django mit seinem Pony aus dem Sumpf zu ziehen. „Warum machen wir es nicht alle zusammen?“, fragte Ronja.

„Für alle ist kein Platz“, sagte Polly. „Was, wenn noch jemand versinkt? Noch ein Pony? Das dürfen wir nicht riskieren.“ Sie sah die anderen an. Wer könnte ihr am besten helfen?

„Polly, worauf wartest du noch? Ist doch sonnenklar, wer dir helfen sollte", meinte Julius genervt.

„Was, du etwa?", erwiderte sie eine Spur grantiger als beabsichtigt.

„Nein, Emma", erwiderte Julius und er klang erstaunlich vernünftig. „Sie kennt ihr Pony einfach am besten."

Polly war völlig von den Socken. War Julius gerade *nett* gewesen? Und hatte er zugegeben, dass ein eigenes Pony eben doch etwas Gutes an sich hatte? Ihr fiel plötzlich auf, wie blass der Junge war. „Alles okay mit dir?", fragte sie.

„Klar", erwiderte er großspurig. Dann fuhr er leiser fort. „Nein, eigentlich nicht. Ich muss die ganze Zeit an Phönix denken. Er war ganz lange mein Pflegepferd. Aber dann hat er sich am Weidezaun verletzt. Die Wunde hat sich entzündet und er wurde lahm. Seine Besitzer haben ihn verkauft, weil er nicht mehr gut zu reiten war. Hätte ich die Verletzung früher entdeckt, dann wäre das vielleicht nicht passiert." Julius schwieg einen Moment und sagte dann wieder lauter. „Deswegen will ich, dass ihr Django verflixt noch mal *jetzt* helft. Schnell!"

Polly starrte den Jungen noch einen Moment an. Sie verstand plötzlich viel besser, warum er die Ferien auf dem Reiterhof so doof fand. Kaum zu fassen, aber

Julius war eben doch ein echter Pferdefan! Aber darüber musste sie später genauer nachdenken. Jetzt zählte nur Django.

„Okay, dann folgt mir, Emma und Motte“, sagte sie. „Du auch, Julius! Ein paar Arme mehr können nicht schaden.“ Polly führte Julius, Emma und deren Pony auf dem sicheren und einigermaßen festen Weg zu Django hinüber. Wie vorhin knotete sie Smokys Zügel an Djangos Sattelgurt. Emma machte es mit Mottes Zügeln genauso.

„Smoky und Motte ziehen, Lolli schiebt“, befahl Polly. „Julius, versuch Djangos Beine frei zu bekommen. Jetzt.“

Lolli richtete sich an ihrem Platz an Djangos Seite auf und robbte hinter das Pony. Julius ließ sich neben die sumpfige Stelle auf den festeren Boden fallen. Er begann sofort, mit bloßen Händen zu buddeln und an Djangos Vorderbeinen zu ziehen.

Polly gab Smoky den Befehl zum Rückwärtsrichten. Smoky schnaubte sanft, sah ihre Besitzerin treu an und zog. Emma tätschelte ihrem Pony beruhigend den Hals und flüsterte ihm etwas ins Ohr. Dann drückte sie kräftig gegen Mottes Brust. Der Wallach begriff schnell, was los war. Vielleicht wurde er auch einfach von Smoky mitgerissen, denn er begann ebenfalls rückwärts zu gehen.

Lolli schob von hinten. Julius buddelte verbissen. Er war voller Schlamm und Polly bekam Angst, dass er auch noch im Moor versinken würde. Aber der Junge selbst kümmerte sich kein bisschen darum.

„Hepp, Django! Ho! Los! Raus mit dir!“, feuerte Polly den Wallach an.

Zuerst sah es so aus, als habe Django keine Kraft mehr, sich anzustrengen. Doch dann spürte er vielleicht, dass das Moor etwas weniger erbarmungslos an ihm zerrte. Er hob den Kopf, schnaufte und begann zu klettern.

„Los, Django, du schaffst das!“, riefen Lolli und Emma durcheinander.

„Los, Smoky! Los, Motte!“, bettelte Polly.

Und dann hörte sie plötzlich noch mehr Stimmen. Ronja, Helena und Anni riefen durcheinander, sie lockten die Ponys und feuerten die Helfer an. Smoky machte plötzlich einen großen Satz nach hinten, Polly stolperte, die Kinder jubelten laut, Polly drehte sich zu Django um ...

Erleichterung durchströmte sie heiß wie ein Feuerstrom. Django war frei! Er zitterte und war voller Schlamm, aber er stand auf dem festen Boden. Lolli war schon zu ihm gerannt und hatte ihn noch ein Stück weiter vom Moorloch weggeführt. Dann waren sie plötzlich

umringt von Armen und Gesichtern, von Jubeln und Lachen und Schreien. Smoky scheute, ihr war das sicher alles zu viel.

„Wir haben es tatsächlich geschafft“, murmelte Polly matt. Vor lauter Erschöpfung zitterte sie so stark, dass es ihr kaum gelang, Smokys und Mottes Zügel von Djangos Sattel zu lösen. Mit wackeligen Beinen führte sie die beiden zu den anderen Ponys. Als sie sich umdrehte, sah sie, dass Anni, Helena und alle anderen Emma und Julius umringten. Sie gratulierten sich gegenseitig, sie lachten und redeten durcheinander.

Julius wirkte ziemlich mitgenommen. Er war schlammbedeckt und nass und zog sofort sein Handy hervor, um zu überprüfen, ob es nicht beschädigt war. Dann nickte er Polly zu und schenkte ihr ein kurzes, erleichtertes Lächeln.

Polly trat zu Django und Lolli. „Ich glaube, er ist okay", murmelte Lolli nur. Halb lachte und halb weinte sie, Tränen und Schlamm vermischten sich auf ihren Wangen.

Und dann war plötzlich Pollys Vater da. Er sprang fast noch im Galopp von Móris Rücken und stürzte auf seine Tochter, Lolli und Django zu.

„Was ist passiert?", rief er völlig außer sich. „Polly? Lolli? Seid ihr in Ordnung? Was ist mit Django?" Er umarmte die Mädchen und begann dann sofort, Djangos Beine abzutasten. „Mir ist fast das Herz stehen geblieben! Emma nicht gefunden, kein Mensch am Treffpunkt und dann kommen Silva und Josefine-Florentine und erzählen mir, Django würde im Moor versinken!"

Polly sah ihrem Vater dabei zu, wie er das Pony untersuchte. Es dauerte eine kleine Ewigkeit, aber dann richtete er sich auf und nickte.

„Ich werde auf jeden Fall Doktor Vennemann auf die Ranch holen", sagte er. „Aber es scheint, als sei mit

Django alles in Ordnung. Und jetzt müsst ihr mir unbedingt erzählen, was geschehen ist."

Polly nickte schwach. Erst jetzt war sie richtig erleichtert und glücklich. Django war wieder frei und was auch immer jetzt kam, es lag nicht in Pollys Verantwortung. Ab jetzt würde wieder ihr Vater da sein, wenn etwas Schlimmes geschah. Polly schlang Lolli einen Arm um die Schultern und die beiden gingen zu den anderen hinüber. Sie drängelten sich zu Emma hindurch und die drei Mädchen fielen sich in die Arme. Wenn jetzt noch Smoky bei ihr wäre, überlegte Polly, dann wäre die Situation absolut perfekt.

An diesem Abend räumten Polly und Lolli noch einmal ihre Schlafsachen in die Sonnenhöhle. Dort war es sogar noch lebhafter und gemütlicher als vor ein paar Tagen. Denn auch Josefine-Florentine hatte sich wieder dort eingerichtet.

Emma war seit dem Nachmittag wie verwandelt. „Weglaufen macht überhaupt keinen Spaß", hatte sie Polly auf dem Heimritt zur Ranch zugeflüstert. „Ich hatte solche Angst, dass ich über Nacht in der Scheune bleiben muss! Aber zurück wollte ich auch nicht. Ich bin total froh, dass ihr mich und Motte da rausgeholt habt."

Polly nickte. Sie war einfach nur glücklich, dass alle Kinder und die Ponys sicher zurück auf der Ranch waren. Sie war wahnsinnig stolz auf Smoky, die ihre Wasserscheu überwunden und Django mit Motte aus dem Moor gezogen hatte. Und sie war auch ein wenig stolz auf sich selbst.

Sie wusste kaum, wie es passiert war, aber der Streit zwischen ihr, Julius und den anderen Feriengästen war komplett vergessen. Wenn man so etwas gemeinsam durchstand, musste man sich einfach vertragen.

„Wie ihr Django gerettet habt, das war schon toll", schwärmte Josefine-Florentine jetzt. Sie kuschelte sich auf ihr Bett, drückte ein Kissen an sich und sagte: „Und ich find's cool, dass ich wieder hier schlafen darf, Emma."

Die lächelte verschmitzt. „Du musst aber aufpassen", sagte sie. „Hier spukt es nämlich."

Josefine-Florentine wurde rot. „Spuken?", fragte sie. „Das kann ich mir gar nicht vorstellen."

„Oh, doch", schaltete sich Lolli ein. „Es ist schrecklich!"

Polly begriff jetzt, was Emma vorhatte. „Total furchtbar", hauchte sie. „Wir haben kein Auge zugetan in diesem Tipi. Du wirst dich zu Tode gruseln, Jo-Flo!"

„Hört schon auf!" Josefine-Florentine fuhr im Bett

auf und haute sich den Kopf am Lattenrost über ihr an. „Aua! Es gibt doch gar keine Gespenster. Das mit dem Spuk ... das waren wir. Wir wollten Emma ein bisschen Angst einjagen. Es sollte ein Spaß sein! Ich weiß, das war blöd und es tut mir auch total leid. Aber bitte nennt mich nicht mehr Jo-Flo! Meine beste Freundin und meine Familie nennen mich Fine."

„Okay, Fine, unter einer Bedingung", sagte Polly. „Du verrätst uns, wie ihr das mit dem Spuk gemacht habt."

Das Mädchen nickte und legte sich wieder hin. Sie war immer noch knallrot im Gesicht und redete mehr mit der Matratze als mit den Mädchen im Tipi. „Das Heulen, das waren wir Mädchen. Julius hat es mit seinem MP3-Player aufgenommen, mit langen Pausen dazwischen. Damit die Spannung steigt und Emma richtig Schiss bekommt, hat er gesagt. Den Player hat Julius im Gebüsch versteckt. Das rote Licht war Ronjas Idee. Sie hatte Knicklichter dabei für eine Mitternachtsparty. Wir haben eins in eine Toilettenpapierrolle gesteckt. So war es von der Seite nicht zu sehen, nur von vorne."

„Und die Schritte auf dem Dach?", fragte Emma.

Josefine-Florentine drehte den Kopf und sah die Mädchen groß an. „Schritte? Davon weiß ich nichts. Auf dem Dach haben wir nichts gemacht."

Polly, Lolli und Emma blickten sich erstaunt an. „Doch ein echter Geist?“, fragte Emma mit großen Augen. Aber Lolli winkte ab. „Nee, bestimmt nicht. Eher ein Vogel oder ein Marder oder sowas. Oder eine Motte, was, Emma?“

Da mussten alle lachen.

Am Abend saßen alle noch lange auf Strohballen am Lagerfeuer. Julius und Finn hatten sie hergetragen und Hilfe von Polly und Emma rundweg abgelehnt. Das war so gut wie eine Entschuldigung, fand Polly. Sie und Julius würden vielleicht nie beste Freunde werden, aber immerhin waren sie auch keine Feinde mehr. Polly verstand ihn jetzt viel besser! Und sie war endlich sicher, dass sie mit ihrer Familie auf der Hufeisen-Ranch bleiben konnte – das hatte Julius ihr nach dem Abendessen so ganz nebenbei versichert. Er hatte dabei sogar ein kleines bisschen beschämt ausgesehen.

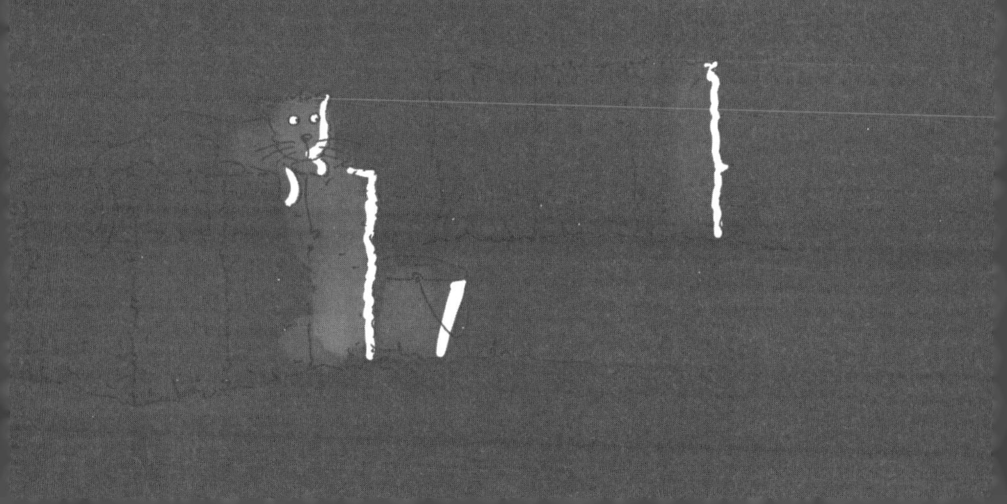

Das Feuer knisterte und prasselte. Mam hatte eine kleine Schüssel Marshmallows bereitgestellt, die sie über den Flammen rösten konnten. Pap hatte noch zwei weitere Tüten hinter seinem Strohballen versteckt. Tom zupfte an seiner Gitarre und Josefine-Florentine rückte immer näher zu ihm. Polly beobachtete erstaunt, dass Tom in sich hineingrinste, als würde ihm das durchaus gefallen. Wilma saß auf Mams Schoß und sang zu den Gitarrenklängen laut und schief völlig frei erfundene Lieder. Polly war sich nicht sicher, ob das nun eher ein

Up oder ein *Down* war. Tara und Elisabeth II. tauschten mit Silva, Ronja und Helena Haarpflegetipps aus. Julius, Finn und Ole unterhielten sich mit Chris und Pollys Vater über Pferdezucht. Hobbit, der Familienhund, lag auf Herrn Winnfelds Füßen und winselte im Schlaf.

Polly teilte sich einen Strohballen mit Lolli und Emma.

„Uiiii“, stöhnte Lolli in regelmäßigen Abständen. „Ich bin ja so froh, dass es Django gut geht!“ Doktor Vennemann, der Tierarzt, hatte das noch vor dem Abendessen bestätigt. „Uiiii“, machte Lolli wieder. „Ich bin ja sooo froh ...“

„Ich weiß!“, fiel ihr Polly ins Wort. Sie grinste. „Ich doch auch. Und dass es dir gut geht. Und dass Emma und Motte nicht weggelaufen sind. Und dass sich alle vertragen haben. Und dass ich Smoky habe.“ Sie warf einen Blick zum Stall hinüber. Irgendwo dort drinnen war ihr Pony, ihr allerliebstes Rosarote-Wolke-Traumpony, und wartete nur darauf, dass sie morgen wieder zusammen durch die Prärie ritten, Bodenarbeit trainierten oder einfach nur schmusten. Hier draußen bei Polly waren ihre beste Freundin Lolli und ihre neue Freundin Emma. Ihre Familie war da, Pap und Mam, Tom, Tara, Wilma, Elisabeth II. und natürlich auch Chris.

Die Ferienkinder würden morgen nach Hause fahren. Aber sie, Polly, würde hierbleiben: zuhause auf der Hufeisen-Ranch.

Nachtlicht für süße Ponyträume

Die sanft schimmernden Nachtlichter mit Ponybild machen nicht nur Stimmung am Lagerfeuer oder auf der Party, sondern auch neben dem Bett. Da kann man ja nur von Ponys träumen ...

Besorgen

sauberes Marmeladenglas
LED-Lichterkette, batteriebetrieben
Sticker in Pony- und Sternform
hellblaues Transparentpapier
Bastelkleber und Pinsel

Kleben

Klebe die Sticker auf das Glas. Reiße das Transparentpapier in kleine Schnipsel. Gib etwa einen Teelöffel Bastelkleber in den Deckel des Glases und vermische ihn mit der gleichen Menge Wasser. Bepinsele das Glas über und über mit dem Kleber und drücke die Schnipsel darauf. Pinsele dann noch einmal eine Lage Kleber darauf, bis alles gut hält.

Fertigstellen

Lass das Glas trocknen. Wasche den Glasdeckel ab. Schalte die Lichterkette ein, stecke sie mitsamt Batteriefach ins Glas und verschließe es. Fertig!

Pollys Tipp

Bei meinem nächsten Geburtstag darf jeder Gast so ein Glas basteln, natürlich in seiner Lieblingsfarbe. Hauptsache, das Transparentpapier ist so hell, dass genug Licht hindurchschimmert. Eine tolle Partybeleuchtung für Ponyfans!

Pollys Pony-Glossar

Abteilung: Wenn die Reitschüler in der Halle oder Reitbahn üben, nennt man die Gruppe auch Abteilung. Diese Bezeichnung und die Bahnfiguren, die dabei geritten werden, kommen aus der Zeit, als Soldaten auf Pferden ritten

aufsitzen: auf ein Pferd oder Pony aufsteigen

Bahnfiguren: In der Reithalle oder Reitbahn reitet man feste Figuren ab, zum Beispiel Volte (ein enger Kreis), Zirkel (ein großer Kreis) oder „durch die ganze Bahn wechseln“ (einmal diagonal durch die Bahn oder Halle reiten, dabei die Laufrichtung ändern)

Bodenarbeit: Übungen und Spiele mit dem Pferd, ohne dabei zu reiten, zum Beispiel Führen und Rückwärtsrichten

Dressurreiten: Reiten in der Bahn oder Reithalle, wobei hauptsächlich Bewegungsübungen gemacht werden (siehe auch Abteilung und Bahnfiguren); jedes Pferd erhält eine Dressur-Ausbildung, denn das Dressurreiten erhält es gesund, beweglich und leicht reitbar; Dressurreiten bei Turnieren ist besonders schwierig

Fessel: der schmale Teil des Pferdebeins direkt über dem Huf; darüber liegt das Fesselgelenk

Gestüt: Hof, auf dem Pferde gezüchtet werden

Herde: in der Natur eine Gruppe von Pferden, die zusammenleben, sie besteht meist aus einem Hengst und mehreren Stuten und Fohlen

Hilfen: Signale vom Reiter ans Pferd mit den Zügeln, durch Druck der Schenkel oder durch Verlagerung des Gewichts

Hufkratzer: Werkzeug zum Säubern der Pferdehufe

Kronrand: oberer Rand des Hufes, Übergang zum Fell darüber

Leittier: der Hengst gibt in der Herde an, wo es langgeht, zum Beispiel ob die Herde vor einer Gefahr flieht; da es auf dem Reiterhof selten Hengste gibt, können hier auch Stuten die Leittiere der Herde sein

Mähnenkamm: nicht nur ein Kamm, mit dem man die Mähnenhaare trennt, sondern auch die Stelle am Ponyhals, wo die Mähnenhaare aus der Haut wachsen

Mietbox: eine Box in einem Reitstall, in der gegen Geld (Miete) das eigene Pferd stehen kann

Natural Horsemanship: ein natürlicher Umgang mit Pferden, bei dem es nicht nur ums Reiten geht; Pferd und Mensch verständigen sich mittels Körpersprache und Stimme

Offenstall: ein Stall mit zwei bis drei Wänden und einem Dach, meist am Rand einer Koppel; er bietet Schutz vor Regen und Wind, gleichzeitig aber frische Luft und Bewegungsfreiheit

Paddock: ein mit Sand bestreuter Auslauf, auf der Hufeisen-Ranch grenzt er direkt an den Stall

Pferdewirt: ein Beruf rund um Pferdehaltung, Pferdezucht und Reiten, den man in drei Jahren auf einem Reiterhof oder Gestüt erlernt

Prärie: nordamerikanische Graslandschaft; auf der Hufeisen-Ranch das Gelände um die Ranch

Ranch: Bezeichnung für einen Bauernhof mit Tierhaltung, zum Beispiel in den USA oder Südamerika

Reitbeteiligung: Erlaubnis, ein fremdes Pferd zu reiten; man bekommt keine Reitstunden, sondern kann das Pferd eines anderen zu festgelegten Zeiten (zum Beispiel dreimal die Woche) reiten

Reithalfter: siehe Zaumzeug

Roundpen: runde Trainingsbahn

Saloon: Gaststätte im Wilden Westen; auf der Hufeisen-Ranch der Speise- und Aufenthaltsraum der Feriengäste

Sattelgurt: breiter Gurt, mit dem der Sattel um den Pferdebauch geschnallt wird

Stirnriemen: Riemen am Zaumzeug, der über die Stirn des Pferdes verläuft

Striegel: Werkzeug aus Gummi oder Metall mit stumpfen „Zähnen“, mit deren Hilfe man das Pferdefell grob reinigen und massieren kann

Tipi: Indianerzelt; auf der Hufeisen-Ranch Holzhäuser für die Feriengäste

Trense: siehe Zaumzeug

Wallach: männliches, kastriertes Pferd, der nach einer kleinen OP keine Fohlen mehr zeugen kann

Zaumzeug: die meisten Pferde bekommen zum Reiten ein Reithalfter aus Leder mit Mundstück und Zügeln angelegt (anderes Wort: Trense)

Autorin: Anne Scheller

Anne Scheller machte als Kind die Ponyrücken von der Heide über Holstein bis nach Dänemark unsicher. Nun genießt sie das Landleben in der Lüneburger Heide mit Mann und zwei Söhnen. Zwischen Bäumen und Pferdekoppeln geht sie auf Ideensuche für ihre Geschichten, Sach- und Kreativbücher. Schnuppert rein unter www.kinderbuch-werkstatt.de.

Illustratorin: Ina Krabbe

Ina Krabbe wurde 1967 in Bremen geboren. Sie studierte sich durch die verschiedensten Bereiche wie Geschichte, Philosophie, BWL und Architektur, arbeitete in Buchladen und Werbeagentur und machte dann das, was sie schon immer gern gemacht hat: Zeichnen und Schreiben. Mit Frau, drei Kindern und drei Hühnern lebt, werkelt und schreibt sie in einem Dörfchen in der Nähe von Bremen. Im Südpol Verlag veröffentlichte sie u. a. die Funkelsee-Abenteuer und die magische Mathe-Reihe.

Die Hufeisen-Ranch - Band 1
Ponyglück mit Hindernissen

»Absolut empfehlenswert!«
Christa Robbers, KidsBestBooks

Mit tollen Basteltipps und Infos rund ums Pony nach jedem Kapitel

Anne Scheller

Die Hufeisen-Ranch - Ponyglück mit Hindernissen

Die 11-jährige Polly wünscht sich nichts sehnlicher als ein eigenes Pony. Endlich wird ihr Traum wahr, als sie die rauchschwarze Ponystute Smoky bekommt. Doch Smoky kennt weder Sattel noch Trense, sie wurde nach dem Prinzip des Natural Horsemanship eingeritten. Aus der Traum vom Ponyglück! Polly ist am Boden zerstört, denn ohne Sattel zu reiten kann sie sich überhaupt nicht vorstellen. Aber Polly wäre nicht Polly, wenn sie sich da nicht etwas einfallen lassen würde …

192 Seiten, 148 x 210 mm
gebunden, 12,90 €
ISBN 978-3-943086-50-8

Lesepunkte bei Antolin sammeln!

Leseprobe:

Funkelsee – Flucht auf die Pferdeinsel

1. Kapitel

Stickiger, staubiger Strohgeruch lag in der Luft und die Halme piksten Malu durch das dünne T-Shirt in den Rücken. Sie hielt die Augen geschlossen und atmete tief ein. Es roch nach Sommer, Sonne und viel freier Zeit. Ferien! Sechs endlose Wochen lagen vor ihr. Die heißen Strahlen der Mittagssonne, die sich einen Weg durch das brüchige Dach gesucht hatten, brannten auf ihrem Gesicht und ließen helle Sonnenflecken hinter ihren Augenlidern tanzen. Malu lächelte. Zum ersten Mal in ihrem 13-jährigen Leben war sie froh, dass ihre Mutter nicht genug Geld gehabt hatte, um mit ihr in Urlaub zu fahren. Wo sollte sie auch hin? Es gab keinen schöneren Ort auf der Welt als diesen!

Wie zur Bestätigung hörte sie ein leises Schnauben neben sich. Dann streifte ein heißer, feuchter Hauch ihre Wange und etwas Weiches stupste sie an. Eine samtene Schnauze mit Barthaaren schob sich suchend über ihr Gesicht.

»Papilopulus, lass das, das kitzelt.« Kichernd schob Malu den riesigen Pferdekopf zur Seite und schlug die Augen auf. Direkt über ihr baumelte ein schlabberiger Grashalm, von dem sich ein dicker Sabbertropfen löste und langsam herunterrutschte.

»He!« Gerade noch rechtzeitig rollte Malu sich zur Seite und der Tropfen landete neben ihr im Stroh. »Du bist echt ein Ferkel, Papilopulus«, flüsterte sie und strich dem Pferd liebevoll über den Nasenrücken. Die großen, dunklen Augen sahen das Mädchen erwartungsvoll an. »Und außerdem denkst du nur ans Fressen. Irgendwann rollst du noch über deine Wiese, Papi.«

Der Wallach schnaubte ungeduldig, während Malu aus ihrer Hosentasche ein paar Leckerchen hervorkramte. Ganz vorsichtig nahm Papilopulus ein Stück nach dem anderen mit den Lippen von ihrer ausgestreckten Hand und zerkaute sie langsam.

Papilopulus hatte einen großzügigen Offenstall, sodass er kommen und gehen konnte, wann er wollte, er musste nicht darauf warten, dass ihn jemand nach draußen brachte. An den Stall schloss sich eine riesige Wiese an, die eigentlich viel zu groß für ein einziges Pferd war.

Papilopulus wandte sich jetzt dem Gras zu und verließ den Unterstand, wobei er gemächlich hier und da ein Büschel ausrupfte. Malu machte es sich wieder auf den Strohballen bequem, die unter dem Dach gestapelt waren und beobachtete das Pferd – *ihr* Pferd, wie sie es insgeheim nannte. Dabei gehörte es gar nicht ihr (leider!), sondern Sybill von Funkelfeld, wie auch das gesamte Anwesen, auf dem sich Papilopulus' Stall befand, mitsamt Schloss, Stallungen und Schlosspark. Sogar ein riesiger See gehörte dazu. Doch Sybill von Funkelfeld war eine alte Dame, die sich nur noch mit Gehstock bewegen konnte, an Reiten war für sie schon lange nicht mehr zu denken. Vielleicht hatte sie Papilopulus nur deshalb behalten, weil er sie an die guten Zeiten des Gestüts von Schloss Funkelfeld erinnerte, als in den Ställen noch Hochbetrieb geherrscht hatte und das Schloss ein ansehnliches Prachtstück gewesen war.

Vor zwei Jahren hatte Malu ihre Mutter das erste Mal aufs Schloss begleitet, die neben ihrer Arbeit im Altenheim noch den beiden alten Damen, die hier lebten, im Haushalt half. Malu hatte Papilopulus gleich ins Herz geschlossen und das, obwohl sie bis dahin eigentlich gar nichts mit Pferden zu tun gehabt hatte. Vom ersten Moment an, als sie in seine sanften, dunklen Augen geblickt hatte, war es um sie geschehen.

Papilopulus war zwar schon alt, sein dunkelbraunes Fell war von grauen Haaren durchzogen und mit der Zeit stumpf geworden, aber man konnte ihm immer noch ansehen, dass er mal ein edles Rennpferd gewesen war. Für Malu jedenfalls war er das allerschönste Pferd, das es auf der Welt gab! Sein Fell war so dunkel (bis auf die grauen

Haare natürlich), dass es fast schwarz wirkte und im Sonnenlicht glühten die Haarspitzen gelblich, sodass es aussah, als würde er von innen heraus leuchten. Mähne und Schweif hatten die gleiche Farbe, nur auf dem Nasenrücken war ein kleiner, herzförmiger weißer Fleck.

Ein lautes DUBI-DÜLÜT-DUBIDUU riss Malu aus ihren Gedanken. Papilopulus' Ohren zuckten nervös hin und her und er ließ Malu nicht aus den Augen, als ob er sich fragen würde, warum das Mädchen auf den Strohballen plötzlich so merkwürdige Geräusche von sich gab.

»He, das war ich nicht«, lachte Malu und holte ihr Handy hervor. »Nur eine Nachricht von Lea«, murmelte sie mehr zu sich selbst.

Lea:
Hi, sitze im Muffins und muss mir die ganze Zeit Rikes Gelaber anhören. Blablabla! Also rette mich und komm vorbei. Deine beste!!!! Freundin braucht dich!!

Malu grinste und tippte zurück.
Kann leider nicht. Muss meiner Mutter beim Putzen helfen. Nimm doch Ohrstöpsel. 😄

DUBI-DÜLÜT-DUBIDUU – Lea:
Ich glaub dir kein Wort. Du sitzt in den Strohballen und kuschelst mit diesem riesigen felligen sabbelnden

Ungetüm, während deine beste!!!! Freundin an Langeweile stirbt. 😫

Malu:
Das stimmt nicht! Ich würde dich nie!!! anlügen. Bist du verrückt? Ich muss wirklich helfen. Fenster putzen, Treppe wischen ... Komm doch vorbei 😜

DUBI-DÜLÜT-DUBIDUU – Lea:
Bin ich verrückt? Aber morgen kommst du mit mir ins Muffins, oder? Versprich es!

Das *Muffins* war ein kleines Bistro in der Fußgängerzone. *Der* Treffpunkt für die Schülerinnen und Schüler der Paula-Modersohn-Gesamtschule. Hier gab es das leckerste Eis, einen Billardtisch und vor allem diese kleinen Tische, an denen man zusammensitzen und über die wirklich wichtigen Dinge reden konnte: Was gerade angesagt war, wer sich wieder total danebenbenommen hatte. Und welchen Jungen Lea gerade am süßesten fand. (Ihr allergrößtes Lieblingsthema im Moment!)

Malu schickte ihrer Freundin noch ein *Mal sehen* und einen Winke-Smiley und steckte das Handy wieder ein.

Es war zu schade, dass ihre beste Freundin so gar nichts mit Pferden anfangen konnte. Einmal hatte sie Lea mitgenommen, weil Malu sich sicher gewesen war, dass auch sie den klugen Augen von Papilopulus nicht widerstehen konnte. Aber Lea hatte das riesige Pferd nur unheimlich gefunden, die Augen verschlagen und den Gestank konnte sie schon gar nicht ertragen! (Welchen Gestank?) Ihr war hier alles zu dreckig und zu kaputt. Und als sie dann noch mit ihren nagelneuen Chucks in einen Haufen Pferdeäpfel getreten war, war es völlig aus gewesen. Nein, mit Lea konnte man eindeutig besser im Muffins sitzen als auf den Strohballen in Papilopulus' Offenstall.

Seufzend stand Malu auf, klopfte sich das Stroh von der Hose und friemelte noch ein paar Halme aus ihren braunen Locken. Sie sollte wohl mal ihre Mutter fragen, ob sie nicht ein bisschen Hilfe gebrauchen konnte – dann hätte sie Lea wenigstens nicht angelogen.

Zweimal in der Woche putzte Rebekka Baumgarten die Wohnungen der beiden älteren Damen, die auf Schloss Funkelfeld wohnten. Sybill und Gesine von Funkelfeld, zwei Schwestern, die bestimmt schon an die hundert waren – na ja, jedenfalls nach Malus Schätzung. Zusammen mit Papilopulus und dem Papagei Rosa, einem ebenso alten rosafarbenen Kakadu, waren sie die letzten Bewohner des Schlosses. Die meisten Räume waren aber leider gar nicht mehr bewohnbar. Das einstmals prächtige Bauwerk hatte überall Risse, der Putz blätterte von den Wänden und die steinernen Figuren, die den Treppenaufgang zierten, zerbröselten allmählich.

Die Ställe, die vor langer Zeit die schönsten Pferde des Landes beherbergt hatten, dienten nur noch Ratten und Spinnen als Dach über dem Kopf. Es fehlte einfach am Geld. Die Schwestern hatten getan, was sie konnten, um das Schloss zu erhalten, aber das Anwesen verfiel zusehends.

Wenn Malu die Augen schloss, konnte sie noch das Klappern der Hufe in der Stallgasse hören, das Stimmengewirr der Stallburschen und der Mädchen, die sich über die Vorzüge ihrer Lieblingspferde unterhielten. Und das ungeduldige Schnauben der gesattelten Pferde, die es nach draußen drängte. Es gab keinen schöneren Ort auf der Welt – jedenfalls nicht für sie!

»Ich komme nachher noch mal vorbei, Papilopulus«, flüsterte Malu dem Pferd zu, das sie immer noch aufmerksam anschaute. Sie tauchte ihre Hand unter die Mähne und strich über das glatte, warme Fell. »Vielleicht drehen wir dann noch eine Runde? Was meinst du?«

Papilopulus stampfte unruhig mit dem Vorderhuf und blähte die Nüstern. Sein Kopf schnellte auf und ab.

»He, soll das heißen, du hast keine Lust?«, fragte Malu verwundert. »Oder ist etwas anderes?« Sie folgte dem Blick des Pferdes, der jetzt starr auf den Waldrand gerichtet war. Etwas Rotes blitzte zwischen den Büschen auf.

»Das macht dich so nervös? Ein roter Stofffetzen? Papilopulus, du bist vielleicht mal ein schnelles Rennpferd gewesen, aber du bist echt eine alte Schissbuxe«, lachte das Mädchen. Sie gab dem Pferd noch einen Klaps auf den Hals und stapfte dann auf den Waldrand zu. »Ich werde dich retten, Papi. Ich werde dich vor dem bösen Stofffetzen retten!«, rief sie über die Schulter zurück.

Der morsche Holzzaun war kein wirkliches Hindernis. Weder für Malu, noch für Papilopulus. Aber scheinbar hatte der alte Wallach sowieso keine Lust mehr auf Ausflüge in die Umgebung und blieb lieber auf der Weide in der Nähe seines Futtertrogs.

Malu quetschte sich zwischen den alten Holzbohlen hindurch und sah sich suchend um. Irgendwo hier in den Büschen hatte sie den roten Fetzen gesehen. Sie bog die Äste zur Seite und kämpfte sich etwas tiefer ins Gestrüpp. »Autsch!« Ein Zweig peitschte ihr ins Gesicht und hinterließ einen schmerzhaften Striemen. Aber da war er, jetzt hatte sie den roten Fleck hinter den Blättern erspäht.

Ein paar Schritte noch. Malu griff in den dichten Busch, um das Ding herauszuziehen, als der rote Stoff plötzlich aufsprang und sich ihr entgegenwarf. Zweige schnellten hoch und Äste brachen. Mit einem erstickten Schrei strauchelte Malu zurück, stolperte und fiel rückwärts ins Gebüsch. Der alte Fetzen entpuppte sich als roter Kapuzenpullover, aus dem zwei Arme und ein Kopf ragten, die zu einem etwa fünfzehnjährigen Jungen gehörten. Zornige Augen blitzten unter seinen blonden strubbeligen Haaren hervor. Malu starrte ihn erschrocken an, sie fühlte ihr Herz bis zum Hals pochen und war unfähig sich zu bewegen.

Für den Bruchteil einer Sekunde zögerte der Junge, dann drehte er sich um und stürmte davon. Mit einem Satz sprang er über den Zaun und rannte an dem verblüfften Papilopulus vorbei in Richtung Schlosshof. Malu hing reglos wie ein Käfer auf dem Rücken in den Zweigen und sah ihm hinterher, wie er über den Platz sprintete und dann durch das große Eingangstor vom Schlossgelände verschwand.

Wer war das? Was hatte der Junge hier gemacht? Immer noch völlig perplex rappelte Malu sich auf. Ihre Beine waren wie aus Gummi. Warum sollte jemand in einem Busch hocken und auf eine Wiese mit einem alten Pferd und einem zerbröselten Schloss starren? Für einen Einbruch war Schloss Funkelfeld nun wirklich kein lohnendes Objekt mehr. Das sah selbst ein Blinder! Ob er Papilopulus stehlen wollte? Oder ...? Wie ein heißer Blitz schoss es ihr durch Kopf und Bauch. Oder ob er ihm etwas antun wollte? Malu hatte schon von Leuten gelesen, die Pferde oder Kühe quälten. Einfach so! Sie begann zu schwitzen. Und das kam in diesem Moment nicht von der Sonne, auch wenn die jetzt gnadenlos auf sie herunterbrannte. Eine plötzliche Angst ergriff sie, Angst davor, dass Papilopulus etwas passieren könnte. Dass ihm jemand weh tun könnte und sie wäre nicht da, um ihm zu helfen. Nein, das würde nicht geschehen. Das durfte nicht geschehen!

Schnell schlug sie sich zurück durch die Büsche, schlüpfte zwischen den Zaunbrettern hindurch und rannte zu Papilopulus, der sich inzwischen wieder dem saftigen Gras zugewandt hatte und genüsslich einen Büschel nach dem anderen ausrupfte.

Sie musste den Funkelfeld-Schwestern Bescheid sagen, dass sich jemand am Schloss herumtrieb, der hier absolut nichts zu suchen hatte. Bestimmt würden sie die Polizei rufen.

Malu kontrollierte noch schnell, ob Papilopulus frisches Wasser im Trog hatte, dann rannte sie über den Schlossplatz auf den Wohntrakt neben dem Hauptgebäude zu. Ihre Mutter wollte heute zuerst bei Gesine von Funkelfeld nach dem Rechten sehen, also hielt sie auf die alte Holztür mit der abblätternden blauen Farbe zu. Aber schon als sie den Flur betrat, merkte sie, dass etwas nicht stimmte. Putzeimer und Lappen lagen achtlos auf der Treppe und aus der Küche hörte sie einen erstickten Laut, als ob jemand sich bemühte, nicht laut loszuschreien, obwohl er es am liebsten tun wollte.

Pferdeabenteuer am Funkelsee

ab 10 Jahren

»Pferde-Schmöker mit Suchtfaktor!«
Volksstimme Magdeburg

»gelungene Mischung aus Spannung, Tierliebe, Freundschaft und ein bisschen Verliebtheit«
ekz-Bibliotheksservice

Band 2

Band 3

Ina Krabbe

Funkelsee – Flucht auf die Pferdeinsel

Das Wichtigste für die 13-jährige Malu ist das alte Rennpferd Papilopulus, einsames Überbleibsel des maroden Gestüts Funkelfeld. Doch als die Besitzerin Sybill von Funkelfeld stirbt, muss Malu hilflos mit ansehen, wie ihre Enkelin Lenka das Pferd misshandelt. Malu bleibt nur eins: Um Papilopulus zu retten, muss sie den mysteriösen Schatz vom Funkelsee finden. Aber gibt es den überhaupt? Und wer ist der merkwürdige Junge, der nachts ums Schloss schleicht? Malu kommt einer Verschwörung auf die Spur, die nicht nur ihr eigenes Leben für immer verändern wird …

256 Seiten, 148 x 210 mm, gebunden, 14,90 €
ISBN 978-3-943086-36-2

»Voller Fantasie und Magie«

Petra Hartmann, sciefinet.org

ab 10 Jahre

»Abenteuer und Spannung garantiert«
Fantastische Lesetipps Blog

abenteuerliche Internatsstory mit leichtem Gruselfaktor

Lesepunkte bei Antolin sammeln!

Andrea Tillmanns

Das magische Trio – Geister im alten Gemäuer

Wer glaubt schon an Geister? Judith jedenfalls nicht! Doch als ihre Eltern sie auf ein Internat schicken, ist sie sich da bald nicht mehr so sicher. Hier erwartet sie ein unglaubliches Abenteuer, das so einiges auf den Kopf stellt. Mit ihren neuen Freundinnen Sarah und Marie findet sie heraus, dass jede von ihnen besondere Fähigkeiten hat – magische Fähigkeiten! Und die brauchen sie auch bald: Als bei den Ausgrabungen der Archäologie-AG ein Geist aus seinem geheimnisvollen Kerker entweicht, passieren im Internat merkwürdige Dinge und für das Magische Trio beginnt ein Wettlauf gegen die Zeit …

204 Seiten, 168 x 205 mm,
gebunden, 12,90 €
ISBN 978-3-943086-04-1

Vom kleinen und großen Glück

ab 10 Jahre

»Ein Buch das JEDER lesen sollte, der glücklich sein möchte«
Bestofworkingmum-Blog

Andrea Behnke

Frieda und das Glück der kleinen Dinge

Lena-Frieda will Forscherin werden, genau wie ihre Oma Frieda, von der sie nicht nur den Namen hat, sondern auch die Neugier auf die großen und kleinen Dinge dieser Welt. Doch seit ihre beste Freundin Nele weggezogen ist, fühlt Lena-Frieda sich einsam in der neuen Klasse. Nur Lukas scheint ganz nett zu sein. Aber kann ein Junge die beste Freundin ersetzen?

160 Seiten, 148 x 205 mm,
mit zweifarbigen Vignetten,
gebunden, 13,90 €
ISBN 978-3-943086-76-8

ISBN 978-3-943086-51-5

WWF

YOUNG PANDA

»Die Grünen Piraten" empfohlen vom WWF Kinderprogramm Young Panda

ab 8 Jahre

»Ein echter Umweltkrimi zum Mitfiebern« liesLotte

»Humor kommt durch schlagfertige Sprüche nicht zu kurz« KiBuLo

»... eine Reihe, die Spannung mit Natur- und Tierliebe verbindet.« ekz

ISBN 978-3-943086-17-1

ISBN 978-3-943086-29-4

ISBN 978-3-943086-41-6

Lesepunkte bei Antolin sammeln!

»Schon beim ersten Blättern bekommt man Lust, den Herd anzuschmeißen«

Kilifü

„»Diese einfachen Rezepte machen Kinder zum Küchenstar!«" *Leben & Erziehen*

»... begeistert nicht nur den Nachwuchs.« *Landhaus*

Backen wie in Bullerbü

von Lena Göransson

Lecker, lecker! Süße Rezepte aus Schweden, Schritt für Schritt erklärt und einfach nachzumachen. Damit könnt ihr selbstständig in der Küche arbeiten und alle mit euren Backkünsten überraschen. Viel Spaß beim Backen!

alle Rezepte mit farbigen Step-by-Step-Fotos,
48 Seiten, gebunden, 12,90 €
ISBN 978-3-943086-06-5

Köttbullar & Co

von Lena Göransson

Ein Kochbuch für alle kleinen Küchenchefs! Mit diesen einfachen Rezepten können Kinder prima alleine in der Küche werkeln und den Spaß am Kochen entdecken. Ob Rührei, Arme Ritter, Köttbullar oder Spaghetti - koch dir dein Lieblingsessen!

alle Rezepte mit farbigen Step-by-Step-Fotos,
48 Seiten, gebunden, 12,90 €
ISBN 978-3-943086-09-6